KB063063

특별한
할머니 인형의
신비한 여행

특별한 할머니 인형의 신비한 여행

손성일 글 / 최민아 그림

개미

폭우가 지나가자 이제 폭염이 우리를 괴롭게 합니다. 이 과정에서 피해를 입은 수재민과 목숨을 잃은 분들을 애도합니다. 그러나 영원한 건 없습니다. 무더운 여름도 지나갑니다. 그러니 더워도 인내하세요.

그리고 끝나지 않을 것만 같은 코로나도 지나갈 것 같아 좋아했는데 또다시 유행이라 하니 참담합니다. 모쪼록 조심하고 특히 취약 계층은 더욱 유의하세요. 그런 점에서 장애인, 노인, 유아는 더 많은 배려와 관심이 필요하고 때에 따라서는 비장애인의 희생이 필요하겠지요.

이 동화의 주인공 샛별도 세상에서 버려진 가장 약하고 슬픈 존재입니다. 하지만 처음부터 그랬던 건 아닙니다. 처음엔 화려하고 사랑받는 인형이었습니다. 그러나 가게 인형들의 시기로 삐뚤어졌지만, 내면에 있는 사랑으로 다른 이에게 희생을 해서 결국은 가장 아름다운 존재가 된다는 판타지 여행 동화입니다.

이 세상 모든 존재는 사랑이라는 별이 있습니다. 무생물도요. 그러나 즐거울 땐 보이지 않죠. 슬플 때만 보입니다.

인생이 고통인 이유는 즐거울 때도 별(사랑)이 보일 수 있도록 실천하게 하려는 신의 계획이라 봅니다.

처음의 모든 존재는 완전하게 창조되었어요. 그러나 신이 자만하지 않도록 고난을 주었고 험난한 여행을 통해 자신 안에 있는 사랑을 발견하도록 하려는 것입니다. 그러니 힘들다고 슬퍼하거나 포기하거나 자신을 미워하지 마세요. 결국 가장 아름다운 존재가 될 테니까요.

2023년 7월
손성일

차례

1

   오래된 장난감 가게에 고급스럽고 화려한 공주 드레스를 입은 할머니 인형이 있었어요. 그러나 드레스와 달리 외모는 흉측했죠. 얼굴과 손엔 검버섯과 쭈글쭈글한 주름, 퀭한 눈, 뼈가 드러날 만큼 마른 몸과 그리고 하얗고 거친 머리칼의 인형이 얼핏 봐도 이맛살이 찌푸려졌어요. 얼핏 보아도 험하고 고된 세월을 살았다는 걸 알 수 있었죠. 그럼 제 얘기를 듣고 인형이 사람처럼 나이를 먹었느냐고 비웃겠지만, 인형을 본 사람들은 하나같이 그러하다고 끌끌 혀를 찼어요. 하지만 정말 놀라운 건 화려하고 예쁜 젊은 인형만 있는 인형가게에 늙어 초라해진 할머니 인형이 있다는 거예요. 그것도 인형 중에서도 최고만이 전시되는 꼭대기 진열창에요.

그래서 가게 인형들은 할머니 인형을 반기지 않았고(자신들보다 한참 불품없음에도 최고의 대접을 받는 할머니 인형이 싫었던 거지요.) 그건 주인아저씨(할아버지의 아들)도 마찬가지였어요.(할머니 인형이 온 후로 손님이 많이 줄어서예요.)

주인아저씨는 아버지가 왜 저런 인형을 전시하나 처음엔 모르겠다는 표정이었죠. 하지만 며칠 지나자 인생의 덧없음을 사람들에게 알리려고 할머니 인형을 전시한 건 아닌가 짐작만 했어요. 그러나 끝까지 읽으면 사람보다 아름다운 인형이란 걸 알 거예요.

2

맑은 어느 날이었어요.

주인아저씨가 가게 청소하는데 아버지가 들어왔어요.

"어쩐 일이세요?"

아버진 아들에게 가게를 맡긴 후로 좀체 오지 않았거든요.

아버지가 대답했어요.

"인형을 진열하려고 한다."

그리 말한 후 할머니 인형을 감싼 흰 종이를 벗겨내고 조심스레 진열했죠. 마치 생전의 아내를 다루듯이요.

"아이고 흉해!"

고급스럽고 화려한 드레스를 입었지만, 흉측한 할머니 인형의 모습에 아들은 인상을 찌푸렸어요. 그러자 아버진 "이 인형은 특별한 인형이야. 공주님이거든." 그리 말하며 살짝 웃었죠.

아들은 궁금했어요. 아버지가 할머니 인형에게 공주드레스를 입힌 이유를. 그래서 물었고 아버지는 대답했죠.

"넌 이 인형이 얼마나 예쁜지 모르는구나! 드레스도 아깝지!"

할머니 인형은 할아버지가 고마웠어요. 그리고 자신을 잊지 않으려고 가게 모습을 그대로 유지한 것도요. 하지만 단풍나무가 사라져 아쉬웠죠. 사람들이 오래전 단풍 열매 냄새가 고약하다며 잘랐고 대신 가로등을 세웠어요. 하지만 할머니 인형은 사람들이 더 고약했어요.

할머니 인형을 처음 본 가게 인형들도 환영하지 않았어요.
'구닥다리 늙은 인형일 뿐인데. 게다가 몰골은 왜 저래.'
'괴물 같아!'
'흉측해!'
아저씨와 같은 반응이었죠.

그날로 할아버지는 매일 할머니 인형을 보러 왔어요.

'무사한지?' '한 톨 먼지라도 묻었나?' 하고요.

먼지 하나라도 있으면 정성스럽게 닦았고 혹여 표정이 어두우면 아들과 가게 인형들을 혼냈어요.

"너희들 또 할머니를 못살게 하면 폐기할 거! 너도 연 끊을 거야!"

"인형이 무슨 감정이 있다고!"

아들의 삐죽거림에 아버지는 "인형을 진심으로 사랑하지 않아서 그래!" 역정을 냈어요. 할아버지의 말에 가게 인형들은 잠깐 기뻤지만, 곧 할머니 인형만 사랑한다는 걸 알았어요. 그러자 할아버지가 미워졌어요. 아저씨도 마찬가지였죠.

그런 일이 자주 있자 가게 인형들과 아저씨는 할머니 인형을 더욱 미워했지만, 겉으론 드러낼 수 없었죠.

불편한 건 할머니 인형도 마찬가지였어요. 가끔 힘들었던 과거가 생각나 슬퍼도 애써 밝은 척했거든요. 아저씨와 가게 인형들이 자신 때문에 혼나는 모습이 편치 않아서죠. 그러나 드러날 때가 있어요. 그러면 어김없이 가게 인형들과 아저씨는 혼쭐이 났고 그걸 보는 할머니 인형은 '조금만 참을 걸.' 후회했어요.

그래서 할아버지가 가게를 나가면 아저씨와 가게 인형들에게 사과했지만, 사람은 인형의 말을 들을 수 없었고 가게 인형들은 사과를 받아들이지 않았어요.

    오늘은 할머니 인형이 아무 탈이 없어 만족한 할아버지는 "할멈! 내일 보세!" 작별 인사했어요. 할머니 인형도 "할아버지 조심히 가세요!" 인사했죠. 그러나 아들이 "아버지! 조심히 가세요!" 배웅에 대꾸도 하지 않고 쌩! 가셨어요. 아저씨는 섭섭했죠. 그래서 "이거야 원! 내가 인형보다 못하다니!" 얼굴을 찡그리며 할머니 인형을 보았어요. 그러자 할머니 인형은 머쓱해졌어요. 그 모습을 본 가게 인형들도 입을 삐쭉였죠. 이런 일은 할머니 인형이 오고부터 일상이 되었어요.

    그리 할아버지의 배려에 따뜻한 일상을 보내던 할머니 인형의 귀에 할아버지가 지병으로 병원에 입원했다는 소식이 들렸어요.

    "어서 쾌차하셔야 하는데."

    할머니 인형은 걱정했지만, 아저씨는 '완쾌하셔도 가게엔 못 오겠지!' 혼잣말 했어요. 그런 후 할머니 인형을 먼지 가득한 어두운 창고에 버려지듯 던졌죠. 가계인형들은 기뻐했어요.

그렇지만 할머니 인형은 아저씨를 원망하지 않았어요. 하지만, 아들의 예상과 달리 아버지가 왔어요.

아버진 할머니 인형이 없어진 걸 발견하고서 "인형은 어디 간 게야?" 아들에게 물었어요.

"창고에 있어요." 기어들어 가는 아들의 소리를 들은 아버진 역정을 내며 "어서 가져오지 못해!" 다그쳤어요.

아들은 고개를 푹 숙이며 들어간 창고에서 "낡고 흉한 인형을 왜 보물 다루듯 아끼시지?" 툴툴거렸죠.

"여기요."

아들이 잔뜩 움츠린 손으로 할머니 인형을 주자 아버진 "먼지가 많이 쌓였네. 내가 닦아줄게." 다정하게 말했어요. 그리고 깨끗해진 할머니 인형을 조심스레 원래의 자리에 놓고는 "한 번만 더 이러면 정말 연 끊을 거야!" 아들을 야단쳤어요.

할머니 인형은 할아버지가 고마워서 '반짝반짝' 빛을 내며 눈물을 흘렸죠.

3

여기서 잠깐! 놀라운 사실을 알려줄게요. 할머니 인형은 가게를 처음 열었을 때부터 있었어요. 거리에 버려진 할머니 인형을 우연히 발견한 할아버지(처음 인형가게 주인)가 가게로 가져온 거예요. 할아버지는 그 사실을 모르고 할머니 인형은 알죠.

그러나 흉측한 지금과는 달리 처음의 할머니 인형은 다른 인형들의 부러움과 시샘을 받는 예쁘고 화려한 공주 인형이었어요. 하지만 너무 비싸다는 점이 문제였어요. 당시 가난한 한국으로서는 비싼 인형을 쉽게 살 수 없었어요. 주인아저씨(할아버지의 젊은 적)도 알고 있었죠. 그렇지만 가게를 홍보하려고 외국에서 비싸게 수입해서 전시했어요. 아저씨의 예상은 적중했죠.

투박하고 엉성한 다른 인형과 달리 화려한 드레스를 입은 (머리칼은 금빛, 피부도 하얗고 팔다리도 길쭉 코도 오똑 몸매도 미끈하고 그리고 팔다리도 자유로이 움직이는) 이국적인 공주 인형(할머니 인형)에게 반한 아이가 공주 인형을 사달라고 조르면 부모는 다른 인형을 사주며 달래었죠.

할머니 인형의 첫 이름은 '보라'였어요. 주인아저씨(할아버지)의 아내가 보라색을 닮아서죠.(그만큼 아내를 사랑했다는 의미지요.)

"오늘부터 너의 이름은 보라다."

그리 말하며 주인아저씨는 보라의 머리를 쓰다듬었어요.

그러나 정작 할머니 인형(당시는 공주 인형)은 '보라'란 이름이 싫어서 "다른 이름으로 바꿔주세요!" 소리쳤어요. 하지만 사람은 인형의 말을 들을 수 없었죠.

그런 보라의 투정을 더는 참을 수 없었던 곰 인형이 "치! 배부른 소리하네!" 삐죽였어요.(가게에서 이름을 가진 인형은 할머니 인형(공주 인형)밖에 없었거든요.)

그러자 가게의 다른 인형들도 다같이 "맞아!" "흥!" "밥맛 없어!" 줄이어 공격했어요. 다른 인형들은 도화선이 필요했던 거죠.

인형들의 공격에 화가 난 보라가 크게 소리쳤어요.

"왜 그러는 거야! 하지 마!"

그러나 인형들은 "네······네 잘못했습니다!" 비꼬았어요. 보라는 그만 서러운 눈물을 흘렸죠.

그 모습을 지켜본 단풍나무가 안타까워하며 말했어요.

"인형들은 너를 시샘하는 거야."

"시샘요?!"

보라는 단풍나무를 올려다보았어요.

부드러운 미소를 짓는 단풍나무에게 보라는 물었죠.

"왜 시샘하죠? 제가 뭘 잘못했는데요?"

훌쩍이는 보라의 물음에 단풍나무가 대답했어요.

"넌 잘못이 없어. 그렇지만 이곳 인형보다 화려하고 고급스러운 건 맞아! 어쩜, 그게 잘못인지도 몰라."

보라는 납득할 수 없어 고개를 세차게 흔들며 "이리 태어나고 싶어서 태어났나요?" 크게 대꾸했어요.

그러자 단풍나무가 보라에게 따뜻하게 조언했어요.

"그리 태어난 이유는 모르지만, 너로 인해 인형들이 불편해

한단다. 그러니 행동을 조심해야 해. 조금이라도 교만함을 드
러내면 안 된단다."

보라는 단풍나무의 조언이 답답했어요.

4

다음날 밤이었어요. 수많은 갈등 끝에 보라는 단풍나무의 조언대로 한껏 낮춘 말투로 "나도 놀이에 끼워줘." 조심스레 다가갔지만, 무시하며 자기들끼리 놀자 화가 났어요. 그러나 참았죠. 그리고 며칠을 인내하며 다가갔지만 끝내 어울리지 못하자 보라는 "어차피 난 저들과 다르게 태어난 인형이야!" 체념했죠.

그날부터 보라는 고개를 잔뜩 올려 인형들을 깔보듯이 보았어요. 당연히 가게 인형들은 보라를 더 멀리하고 싶어했죠. 그 모습이 단풍나무는 안타까웠어요. 인형들은 밤에 놀아요. 낮에 얘기하고 놀면 인간들이 깜짝 놀랄 거예요.

해가 뜨자 인형들은 쥐죽은 듯 조용해졌어요. 하지만 보라는 별들과 이야기했죠. 여기서 잠깐 '아침에 별이?' 의문을 가질 독자들에게 설명할게요.

눈물을 흘린 그다음 아침이었죠. 보라는 분하고 서러운 눈으로 맑은 하늘을 올려다보는데 '반짝반짝' 빛을 내는 무언가가 보여 놀란 눈이 되었어요. 보라는 그만 폭 빠진 채 빛을 내는 그것을 보는데 "이제 우리가 보이니?" 가장 밝은 그것이 말했어요.

"누구세요?"

보라는 깜짝 놀라며 물었죠.

"우린 별이란다. 줄곧 너와 함께 있었지!"

(가장 밝은 별의 대답에 보라는 나를 좋아하는 이가 단풍나무 말고 또 있었나? 하고 또 한 번 깜짝 놀랐어요.)

가장 밝은 별이 맑은 보라의 눈을 보며 말을 이었어요.

"어찌하여 모든 존재는 슬플 때 우리가 보이는지 알 수 없구나."

그러며 입술을 꽉 깨물었어요. 울지 않으려는 것 같았죠.

그 모습을 본 보라의 마음은 뭉클해졌어요.

그래서 보라가 "참지 마세요." 말하자 한 작은 별이 "별은

눈물을 흘릴수록 그만큼 수명이 줄어든단다." 말하며 "그만 하세요! 저희가 울게요." 작은 별들이 대신 울었죠.

  어두운 밤이 되자 보라는 단풍나무에게 아침에 일어난 일을 얘기했어요. 단풍나무는 신기해하며 "나도 그 별과 얘기하고 싶구나." 보라를 부러워했죠.
  "같이 보면 되죠!" 보라의 말을 들은 단풍나무는 "밤에 있는 저 별도 아름다워." 늘어지게 하품했어요. 하지만 단풍나무는 보라가 본 별이 뭔지 알고 있었죠. 오래전 자신도 다른 별(단풍나무 속에 있는 사랑)의 도움을 받았거든요.

  단풍나무는 원래 초라한 잡초로 꽃들의 조롱과 무시를 받았지만, 어여쁜 꽃들을 동경하며 언젠가 꽃처럼 아름다워 지리라는 희망으로 하루하루 살았어요.
  그러던 어느 날이었어요. 그날은 햇볕이 쨍쨍 내리쬐는 무더운 여름이라 꽃들도 사람들도 힘들어했어요. 그걸 본 잡초는 이해 못할 슬픔이 밀려왔죠. 그동안 자신을 괴롭히던 꽃들과 발로 밟던 사람들에게 동정심이 들어서죠. 그래서 잡초는 빼세요(이해할 수 없어) 애써 무시했지만, 눈물이 계속 흐르는 거예요.

그때 별들이 나타났죠.

"왜 우니?"

갑작스러운 소리에 잡초가 놀라며 누군지 묻자 가장 밝은 별이 대답했어요.

"난 누구에게나 있는 별이야."

은은한 소리에 마음이 따뜻해진 잡초는 사정을 얘기한 후 그들을 돕고 싶다고 했어요.

잡초의 얘기를 들은 가장 밝은 별이 기뻐하며 말했어요.

"너를 괴롭힌 이에게 사랑을 베풀겠다니. 정말 고마워!"

그러며 "방법이 있지만, 그러나 엄청난 고통과 시련이 올 건데 그래도 돕고 싶니?" 묻는 가장 밝은 별에게 잡초는 고개를 끄떡였어요.

그래서 가장 밝은 별은 잡초에게 소원을 이루는 법을 알려 주었고 고통과 시련을 이겨낸 잡초는 마침내 울창한 단풍나무가 되었어요.

울창한 단풍나무가 생기자 사람들과 꽃들은 그늘에서 행복해했어요. 그걸 보는 단풍나무도 기뻤죠. 그뿐 아니었어요. 가을에는 울긋불긋 물든 자기 잎을 보며 낭만에 빠지기까지

했어요.

시간은 많이 흘러 도시가 새워졌고 꽃들은 사라졌어요. 그래서 단풍나무는 슬펐어요. 그러나 별들은 나타나지 않았죠. 새로운 사람들이 자신을 좋아했거든요. 하지만 그 많은 세월 동안 자신만 그대로 남은 이유가 궁금했어요.(다른 나무들과 꽃은 사람에게 베어졌거든요.) 그런데 보라를 만나고부터 알았죠. '보라를 따뜻하게 품어주라'는 하늘님의 마지막 소명이라는 것을요. 할아버지도 단풍나무와 같은 걸 궁금했어요. 어찌하여 주변이 변했음에도 자신의 가게만 그대로 있었는지도 하늘님의 계획이었죠.

보라는 곤히 자는 단풍나무를 보았어요. 잎마다 동글동글한 이슬이 있었죠.

다음날 보라가 별들에게 단풍나무 애기를 하자

"단풍나무는 별을 영원히 볼 수 없을 거야."

가장 밝은 별이 말했어요.

"왜죠?"

보라의 물음에 가장 밝은 별은 "그건 자신 안의 사랑(별)을 발견했기 때문이야." 미소 지으며 대답했어요. 그러나 보라는 더욱 혼란해 눈동자를 굴렸죠. 그걸 본 가장 밝은 별이 엷게 웃으며 "알게 될 때가 올 거야!"하고 말했죠.

5

늘 같은 하루였어요. 보라를 사겠다며 때 쓰는 아이를 부모가 달래서 다른 인형을 사 갔고 아이와 가는 인형을 보라는 부러워했죠.

그리고 며칠 후 빈자리엔 어김없이 새 인형이 왔어요. 가게 인형들은 보라 덕분에 선택받았단 걸 알았어요. 하지만 고마워하지 않고 오히려 시샘했죠.

오늘도 보라는 아이와 함께 가는 인형을 보며 '나도 선택받고 싶다.' 부러워했어요.

종일 무기력하게 전시만 되는 삶이 싫었고 자신도 누군가에게 오랫동안 사랑을 받고 싶어서죠.

보라의 그런 눈치를 보일 때마다 "인연이 오지 않아서야."

단풍나무는 따뜻하게 위로했죠. (단풍나무는 보라가 거만하게 행동해도 곱고 여리다는 걸 알거든요.)

그 말을 들을 때마다 보라는 '인연!' 그게 뭔지는 모르지만, 하루빨리 오길 바랐어요.

그러던 중 그날이 왔어요. 소복하게 쌓인 단풍잎을 청소부는 열심히 치우고 있었죠. 그러나 치워도, 치워도 쌓이는 단풍잎에 짜증 난 청소부가 "망할! 단풍잎 그만 떨어져라!" 단풍나무에게 불만을 터뜨렸어요. 이런 일이 일어날 때마다 단풍나무는 자책했죠. '그때 소원을 신중하게 말할걸.' 하고요. 그래서 단풍나무는 할 수만 있다면 한 번 더 소원을 말하고 싶었지만, 아쉽게도 단 한 번뿐이죠.

단풍나무가 청소부를 가엾이 보며 말했어요.

"하늘님! 어찌하여 아저씨를 청소부로 만들어서 단풍잎을 고단하게 느끼게 하셨나요? 다른 사람은 낭만과 추억 아름다움으로 느끼는데."

보라는 화내지 않고 되레 측은함을 느끼는 단풍나무에게 "화나지 않나요?" 묻자 단풍나무가 대답했어요.

"아니야, 사람들에게 많은 사랑을 받아서 사랑을 나눌 수 있는 청소부가 고마운걸."

하지만, 보라는 무슨 뜻인지 몰라 고개를 저었죠.

그러나 단풍나무의 말이 끝나자마자 단풍잎이 또 떨어졌어요.

단풍나무는 큰 잘못이라도 한 듯 오들오들 떨었지만, 보라는 아저씨(단풍나무)가 청소부의 호통을 들을까 걱정됐죠.

그러나 단풍나무의 잘못이 아니란 걸 알았는지 청소부의 말이 달라졌어요.

"하~ 자연의 섭린걸. 너도 답답하겠지."

말하면서 단풍나무를 쓰다듬자 단풍나무의 잎은 더욱 붉어졌죠.

보라는 청소부와 단풍나무의 행동이 아무리 머리를 굴려도 알 수 없었어요.

그런 보라에게 단풍나무가 말했어요.

"자주 보아서 그런 게 아닐까!"

그러나 보라는 여전히 모르겠어요.

그리 고민하는 보라의 귀에 '댕, 댕' 문에 달린 종소리가 들렸어요.

"뭐 찾으세요?"

주인아저씨(할아버지)가 손님에게 물었죠.

역시나 가게 인형들은 아이의 사랑을 독차지한 보라를 시샘했고 그런 인형들을 보라는 "흥!" 오만하게 보았어요.

보라의 경멸 공격을 받은 인형들은 비난으로 대응했죠.

"그럼 뭐해! 선택받지도 못하는데."

"맞아!"

"잘난 척 대왕!"

그러나 여태껏 가만히 있었던 보라는 이번은 달랐어요.

"난 굉장한 부자 아이만 가질 수 있기 때문이지!" 날카롭게 받아쳤죠.(그동안 누른 화가 폭발했기 때문이에요.)

가게 인형들과 보라 사이에 싸늘함이 흐르자 단풍나무는 속상했어요.

엄마가 보라를 바라보는 아이를 애써 외면하고 "곰 인형을 주세요." 말하자 주인아저씨(할아버지)는 "여기에 있습니다." 곰 인형을 주었어요.

곰 인형을 손에 쥔 엄마는 "수정아! 이제 가자!" 재촉했어요. 하지만 아이는 여전히 보라만 보았죠.

그런 딸에게 엄마가 말했어요.

"수정아, 우리 형편에 이건 살 수 없어."

엄마의 힘없는 목소리에 아이는 시무룩해졌어요.

그 모습이 안타까웠던지 주인아저씨(할아버지)가 큰 목소리로 말했죠.

"비싸지 않아요. 이곳 인형들 가격과 같아요."

그 소리에 엄마는 "정말이에요?" 깜짝 놀랐어요.

"그럼요!"

주인아저씨(할아버지)는 그리 말하며 아이의 손에 보라를 쥐어 주자 보라는 당황했어요. 하지만 다른 인형들은 고소해했죠.

"부잣집 아이와 만난다더니만!"

곰 인형이 느리게 비꼬았어요. 하지만 아이와 가지 못해 서운했죠.

주인아저씨가 아이의 눈을 보며 다정하게 말했어요.

"얘야, 인형의 이름은 보라란다. 잘 돌봐줘!"

아이는 고개를 끄덕이며 "보라! 안녕!" 미소를 지었어요. 그러나 보라는 자신의 품위가 낮아졌다고 느껴 단풍나무의 축하에도 시무룩했어요.

그런 시무룩한 보라를 본 단풍나무는 자신과 헤어져서 서운한가 생각했죠. 그렇지만 섭섭한 면도 있은 보라였어요. 그

래서 보라는 단풍나무에게 아주 작은 소리로 작별인사하고서 가게를 나왔죠.

보라는 이제 자신이 없어졌으니 가게는 망할 거로 생각했어요.

그동안 자신도 모르게 거만함이 무럭무럭 자라난 것이에요. 하지만, 보라가 있을 때와 달리 매출은 약간 줄었지만, 가게는 없어지지 않았죠.

세상의 첫 느낌은 떨림이었어요. 감성적인 측면도 있지만, 몸도 함께 떨리자 며칠 전 단풍나무도 지금의 자신과 같이 떨렸던 게 생각났어요.

맑은 날이지만, 단풍나무의 가지가 약간 떨리는 걸 본 보라가 "왜 그러죠?" 묻자 단풍나무가 "넌 따뜻한 곳에만 있었으니 춥다는 느낌은 모르겠구나." 그러며 코를 훌쩍거렸어요.

그런데 '춥다'는 느낌을 직접 마주하니 따뜻한 가게로 돌아가고 싶었죠.

그런 보라의 느낌을 아이가 눈치 챈 걸까요.

"엄마! 내가 데리고 갈래!"

딸의 부탁에 엄마는 인형을 주자 아이는 두 팔로 꼭 안았어요. 순간 보라의 얼굴이 빨개졌죠.

인형을 꼭 안은 딸에게 엄마가 물었어요.

"그리 좋니?"

"너무 좋아요!"

아이는 활짝 웃으며 대답했죠.

저녁 여섯 시가 되자 주인아저씨(할아버지)는 가게 정리를 시작했고 삼십 분 만에 끝냈어요. 그리고서 멍하니 아내를 기다렸죠. 그런 주인 빼세요. 아저씨 눈에 아내가 들어오자 주인 빼세요. 아저씨는 함박웃음을 보였어요. 인형들은 그런 모습을 보고 새빨개졌죠. 매일 보는 일이지만 볼 때마다 오글거렸어요.

"여보! 어서 갑시다!"

아내의 말에 아저씨는 "그럽시다!" 엷은 웃음을 지었어요.

그런데 보라가 사라졌음을 아내는 알았죠.

"보라는 어디에 있죠?"

아내의 물음에 당황한 아저씨는 "손님이 사 갔소. 흠흠!" 하고서 긴장된 눈을 감추려고 천장을 바라보자 "나를 닮은 인형이라 절대! 안 판다고 하더니만!" 아내는 섭섭해 했어요.

그러자 주인뻬세요. 아저씨는 "집에서 자세히 말할게요." 아
내를 달래느라 쩔쩔맸죠.

6

아이가 집으로 가는 버스를 천천히 오르자 승객들과 기사는 얼굴을 찡그렸어요. 한 할머니는 '쯧쯧!' 혀까지 찼죠. 그런데도 모녀는 무심했어요.(무심한 척한 것이지요.)

보라는 이해되지 않았어요. '엄마와 아이는 허름한데 어째서 시샘할까. 나와 같은 특별한 모녀인 걸까.' 마치 가게 인형에게서 받은 느낌과 비슷한 불쾌한 느낌이었죠. 하지만 버스는 '씽씽' 즐겁게 달렸어요. 그러다 빈자리가 생기자 엄마는 "수정아, 앉아!" 말했어요. 아이도 "엄마도 같이 앉아!" 작게 웃었죠. 그렇게 모녀는 함께 앉아서 흥얼거리며 집으로 갔어요.

그리 씽씽 달리던 버스가 한 정거장에 서자 엄마가 "수정아

내리자!"했어요. 그러자 아이는 느리게 내렸죠. 여전히 버스 기사와 승객들의 눈길은 좋지 않았어요.

보라는 다리가 불편한 아이여서 가까이 집이 있는 줄 알았어요. 그렇지만 오르막만 계속 오르자 "불편한 아이의 집은 가까워야 하는 거 아니야?" 의아했죠. 그러나 곧 버스에서의 사람들이 아이를 어찌하여 불편하게 봤는지 알게 됐어요.

"아! 자신보다 높은 곳에 사는 사람이라 그랬구나! 그리고 버스를 탄 건 서민 체험을 한 것이고 지금 엄마는 딸의 체력 강화해주려고 산을 오르는구나!" 착각해 보라는 아이를 응원했어요. 아이가 숨이 가쁜가 봐요. "엄마, 좀 쉬어." 헉헉거리자 그제야 엄마는 널찍한 돌에 앉아 노을을 바라보았죠.

"노을은 언제 봐도 예뻐요!"

딸의 말에 엄마는 "그렇지!" 하고 노을을 보았어요. 그러나 보라는 엄마는 어쩐지 울고 있는 것 같았죠.

한참을 쉰 엄마와 아이는 또다시 힘을 내어 산을 올랐어요.

얼마나 간 걸까, 보라의 눈에 판자로 만든 작은 집들이 보여 돈 많은 사람들의 강아지 집인 줄 알았어요. 그러나 모녀는 그곳으로 갔죠.

보라는 생각했어요.

"강아지에게 인사하려고 가는구나!"

집에 도착한 엄마가 문을 열었죠. 하지만 강아진 없었어요.

"강아진 어디 갔지?"

보라는 바닥에 앉은 아이의 품에서 강아지를 기다리자 엄마도 강아지를 기다리는 듯 바닥에 앉았어요.

역시 돈 많은 사람답게 강아지 전용 주방이 있었죠. 하지만 강아지 한 마리만 있기엔 좀 커서 '큰 강아지라면 두 마리, 작은 강아지라면 열 마리 정도 있겠지.' 보라는 생각했어요.

그런데 잠시 쉰 엄마가 주방으로 향하자 강아지 식사 준비하는 걸로 알았죠. 보라는 생각했어요. '얼마나 강아지를 사랑하기에 직접 음식을 준비하나.' 감동했어요.

잠시 후 '보글보글 톡톡, 보글보글 톡톡' 구수한 된장국 소리가 들리자 보라는 기대했죠.

"강아지가 된장국을 먹으니 모녀는 얼마나 대단한 음식을 먹을까."

아주 크고 화려한 집에서 고급 음식을 먹는 가족을 상상했어요.

그런데 엄마가 밥과 된장국이 놓인 작은 나무 상을 방으로 들고 오는 게 아니겠어요. 그러며 말했죠.

"수정아! 생일 축하해!"

그러고 생일 축하 노래를 불렀어요. 보라는 어처구니없는 현실에 입을 다물지 못했어요. 몇 초 후 정신을 차린 보라는 깨달았죠. 자신이 가난한 아이의 생일선물이었단 것을요. 엄마는 딸에게 가장 좋은 옷을 입히고서 힘들게 모은 돈으로 인형 선물해주려 가게에 왔던 거예요. 아저씨는 그걸 눈치 채고서 자신(보라)을 싼값에 주었던 거예요.

그제야 현실을 깨달은 보라는 자세히 보았죠. 살림살이는 초라하기 그지없었어요. 온통 주워온 것이었죠. 그릇도 이불도 숟가락도 밥상도 벽에 걸린 초라한 두 벌의 옷가지도요. 얇은 비닐이 바람을 막았고 벽지는 곰팡이가 잔뜩 핀 신문지였어요. 그보다 참을 수 없는 건 화장실이 없다는 거예요. 방에 요강만 있었죠. 보라는 이런 곳에서 살아야 한다는 현실에 사라지는 게 낫다고 생각했죠.

아이는 보라를 찬 기운이 가득한 방 한구석에 놓았어요. 놓자마자 부들부들 떨렸죠. 도저히 믿기지 않았어요. 자신은 크고 화려한 집에서 살 거라는 희망으로 고난과 시련을 이겨냈는데 '이런 초라한 집이라니.' 보라는 그동안 받은 핍박이 떠올라 억울했어요.

그래서 "이럴 거면 왜 날 만들었고 어째서 가게에 놓았나요?" 자신을 만든 이와 아저씨를 원망하고 저주했죠.

그런 저주와 원망이 끝나자 이젠 "단풍나무님, 별님 이게 제 운명인가요?" 악을 썼어요.

그러나 모녀는 방글방글 웃으며 식사했죠.

"뭐가 좋아서 웃지?"

보라는 도저히 알 수 없었어요.

그날 밤 무지 슬펐는데도 별은 보이지 않아 "별은 슬플 때 나타날 거란 얘기도 거짓이었어."(그렇지만 지금이 가장 행복했어요. 보라 자신만 모르고 있을 뿐이었죠.)

말한 후 자신의 운명이 슬퍼 밤새 울었지만, 그마저도 바람 소리에 묻혔어요.

그리 아이의 품에서 하루를 보냈어요.

7

　다음날이에요. 엄마는 일하러 갔고 빈집을 아이와 보라가 지켰어요. 아이는 보라의 얼굴을 뚫어져라 봤어요.

　'그런다고 널 좋아할 것 같아!'

　보라는 아이에게 화를 냈지만, 아이는 방긋 웃으며 "내가 옛날이야기 해 줄게." 말했어요.

　당연히 보라는 "안 듣겠어!" 거부했죠. 하지만 인형의 말을 들을 수 없는 아이는 얘기를 시작했어요.

　아주 오랜 옛날 누구나 한번 보면 사랑에 빠질 만큼 매우 아름다운 공주가 있었어요. 여자도 마찬가지였죠.

　오늘도 공주는 시종의 칭찬으로 눈을 떴어요.

"오늘도 여전히 예쁘시네요!"

"어느 꽃인들 공주님보다 예쁘실까!"

"세상에서 가장 예쁠 거야!"

그러나 공주는 빳빳이 고개 들며 엷은 미소를 지을 뿐, 한 번도 고맙다는 인사를 하지 않았어요.

그러던 어느 날이었어요. "이웃 왕자가 네게 청혼했다!"

왕비님이 활짝 웃으며 공주에게 말하자 "그 왕자는 못생겼어요. 싫어요!" 냉정하게 잘랐어요.

소식을 들은 왕자는 이루 말할 수 없는 수치심에 마법사를 불렀어요.

마법사는 고갤 숙인 채 왕자의 명령을 기다렸죠.

"이웃 공주의 얼굴을 세상에서 가장 추하게 하라!"

왕자의 극대노 저주 명령을 받은 마법사는 "그러면 왕자님도 다치십니다." 말렸어요. 하지만 돌아온 건 "그럼, 너를 죽이겠다!" 왕자님의 겁박이었죠.

그래서 마법사는 하는 수 없이 공주를 세상에서 가장 못나게 했어요.

다음날이에요.

"악!"

공주의 비명을 들은 왕과 왕비 시종들이 왔어요.

"무슨 일이냐?"

왕과 왕비가 동시에 물었어요.

"얼굴이!"

고개를 깊이 숙인 채로 눈물만 흘리는 공주가 궁금한 왕과 왕비가 공주의 얼굴을 들자 경악했어요. 빵처럼 잔뜩 부풀고 검은깨가 덕지덕지 붙은 모습이 두꺼비 같았죠.

왕이 물었어요.

"이게 웬일이야?"

"모르겠어요. 일어나니!"

공주의 대답에 왕은 나라 안의 의사는 모두 불렀지만, 소용 없었어요.

"어쩐 일일까?"

"그 예쁘시던 공주님이!"

"안타까워라!"

백성들은 슬퍼하며 울었지만, 시종들은 그렇지 않았어요.

"깨소금 맛이다!"

"그리 교만하더니!"

"벌받은 게야!"

몰래 고소해했어요.

그래서 공주는 어두운 방에서 평생 살았죠. 마찬가지로 왕자도 몹쓸 병에 걸려서 평생 홀로 살았어요. 얘기를 다 들은 보라는 공주와 왕자가 자신(보라)과 아이 같다고 생각했어요. (전생에 왕자는 아이, 공주는 보라.)

"윙, 윙~"

바람 소리가 무서운 아이가 "밖에 나가자!" 말했지만, 추위가 싫은 보라는 "방에 있자!" 말했어요. 하지만 아이는 보라의 머리를 손가락으로 끄덕이며 "좋다고!" 그러고선 방긋 웃었죠. 보라는 맘대로 하는 아이가 못마땅해 얼굴을 찡그렸어요.

아이가 문을 열자 찬바람이 들어왔어요. 아이는 약간 떨었죠. 그걸 본 보라가 "지금이라도 방에 들어가자." 부탁했지만, 고집스레 나갔어요.

아이가 도착한 곳은 작은 공터였어요. 그곳은 또래 아이들이 술래잡기하며 놀았죠. 하지만 아이는 멀뚱히 쳐다볼 뿐 가지 않자 보라는 "너도 나처럼 외톨이였구나!" 자신과 같은 처

지라는 걸 알자 아이가 가여워졌죠.(그리고 인간은 몸 불편한 것
이 시샘의 대상이란 것도요.)

아이는 보라를 맞은편에 놓고는 말했어요.

"모래성 쌓자!"

측은함이 생긴 보라는 모래성 쌓는 아이를 영원히 행복하
게 해 주겠다고 결심했으나 불쑥 나타난 세 명의 여자아이가
보라의 결심을 깨뜨렸죠.

평소에는 거들떠보지도 않은 아이들이 자신(수정)에게 오자
아이는 활짝 웃으며 일어나 "나랑 놀아 줄 거야!" 하고 말했
죠.

하지만 또래보다 몸집과 키가 큰 아이가

"그거 훔쳤지?"

수정에게 물었어요.

당연히 수정은

"아니야! 엄마가 사줬어!"

고개를 저었죠.

그러자 세 명의 아이들이 공격했어요.

"거짓말! 네 형편에 이런 인형은 살 수 없어!"

"훔친 거지?"

"도둑!"

수정은 그만 주저앉아 "아니야! 엄마가 사줬어!" 울기 시작했어요. 하지만 공격이 계속되자 보라도 "정말이야!" 크게 소리쳤지만, 소용없었어요.

보라는 자신이 이리도 나약하고 미약한 존재란 걸 지금에야 알았어요. 할 수 있는 건 아이와 같이 우는 것뿐이었죠.

그렇지만, 수정은 보라를 보호하려 등 뒤에 숨겼어요. (보라와 똑같이 약하고 공격받으면 서도요.) 그런 수정을 보자 보라는 '수정을 구해줄 수 있으면 뭐든 하고 싶어.' 간절히 기도했어요. 그러던 중 수정이가 느슨해진 틈에 얼굴엔 기미가 있고 뚱뚱한 아이가 수정이 등 뒤로 가서 보라를 빼앗아 달아났어요.

당연히 수정은 "보라 줘!" 절룩거리며 갔으나 다른 아이에게 보라를 던졌어요. 보라는 날아가는 동안 정신이 혼미해졌어요. 그러길 몇 차례 반복하자 보라와 수정은 말할 수 없는 고통을 당했어요. 그런 우리에게 구세주가 나타났어요. 산책 나온 할머니였죠.

"그만 두지 못해!"

할머니는 지팡이로 아이들을 때리려고 다가가자 아이들은

도망갔어요.

할머니는 수정이와 함께 널찍한 돌에 앉았어요.

그리고선 안타까운 듯 말했어요.

"휴! 이제 괜찮다. 못된 것들! 같이 놀 것이지!"

힘든 한숨을 쉬며 수정의 등을 다독여 주었어요.

그날 밤이었어요. 울고 있는 엄마의 품에서 잠든 수정을 보자 보라는 가게 인형들에게 받았던 슬픔보다 더 큰 아픔이 찾아왔어요. 가게 인형들에게서 받은 상처는 가시로 꼭꼭 찔리는 정도였지만, 수정에게 일어난 일을 보자 마치 자신이 날카로운 칼로 마구 난도질당하는 느낌이었어요. 보라는 자신의 일도 아닌데 왜 이리 슬픈지 모르겠단 얼굴이 되었어요. 결국 보라는 엉엉 울었고 나타난 별들은 입 모아 물었어요.

"보라야 왜 그래?"

보라의 대답을 들은 별들은 "저런 안됐구나!" 수정과 엄마를 가엾이 보았어요.

그리 수정을 가엾게 보는 별들에게 보라가 부탁했죠.

"수정이를 행복하게 해주세요."

하지만 별들은 입 모아 "우린 그리 해줄 권한이 없구나." 했어요. 보라는 시무룩해졌죠.

그러자 가장 밝은 별이 "꿈에서는 행복하게 해줄 수 있지." 말했어요. 보라는 "그렇게라도 해주세요!" 눈을 반짝였죠.

보라의 부탁을 들은 별들은 엷게 웃었어요. 웃는 별들을 본 보라는 별들이 미웠죠.(수정은 슬픈데 웃으니까요.)

그러자 가장 밝은 별이 말했어요.

"오해하지 마! 네가 사랑과 희생하는 마음이 생겨나서 기뻐하는 거야! 이제 소원을 이루는 방법을 알려줄 수 있겠어!"그러며 가장 밝은 별이 활짝 웃자 보라는 "소원을 이룰 수 있다고요!"기뻐했죠.

"그래, 하지만 대가가 있어. 너의 아름다움이지."가장 밝은 별의 말에 보라는 잠시 머뭇거렸지만, 수정이가 행복해진다면 이깟 아름다움 기꺼이 버릴 수 있다는 마음이 들어왔어요. 그래서 고개를 끄덕였죠.(그러면서도 놀랐어요. 자신에게 이런 마음이 있음을 말이죠. 이기심과 오만함만 있는 줄 알았거든요.)

"그럼, 알려줄게."

보라는 가장 밝은 별의 설명을 집중해서 들었어요.

그리고 수정에게 낮의 일과 자신을 잊게 해달라고 부탁했죠.

수정의 꿈

"야! 수정에게 패스해!"

지민의 말을 들은 보람이가 수정에게 공을 주자 수정은 상대를 이리저리 피하여 가볍게 골을 넣었어요.

그러자 "와!" 수정이 속한 팀이 환호했고 자신 덕에 이겼단 걸 알은 수정의 입가엔 미소가 살짝 흘렀어요.

"날이 밝았어. 일어나!"

엄마의 소리에 수정이가 기지개를 짝 켰어요.

엄마는 딸의 표정이 밝자 의아해 물었죠.

"좋은 꿈이라도 꾸었니?"

방긋 웃는 딸을 보자 엄마는 기운이 샘솟았어요.

8

    수정이가 엄마를 보며 방긋 웃는 시간, 보라는 한 날개달린 인형을 만나려 가장 밝은 별이 양쪽 어깨에 달아준 날개로 푸른 하늘을 달렸어요. 그런 보라를 따사로운 해가 햇살로 다독다독 응원했죠. 그렇게 한참을 달리자 땀방울이 맺혔고 그러자 바람이 땀들을 가져갔죠. 중간마다 새들도 지루하지 않게 노래도 불러주었어요.

    어느덧 사흘, 어스름이 몰려오는 시간이었어요. 갑자기 날개가 아래로 내려가자 보라는 "도착했나?" 자그마하게 말했어요. 그런데 흐르는 강물에 빠뜨리고는 사라졌죠.

    보라는 너무 놀라 있는 힘을 다해 소리쳤어요.

    "살려줘!"

하지만 구해주는 이는 없었어요.

떠내려가는 동안 보라의 얼굴과 드레스는 흠뻑 젖어 엉망이 됐어요. 그러다 '꽝!' 돌에 부딪혀 정신을 잃었어요. 한참만에 정신을 차려서 둘러보니 강가 풀숲이었어요. 보라는 자기 얼굴과 몸과 드레스를 강물에 비춰 보았죠. 드레스는 군데군데 찢어졌고 머리칼은 산발이었으며 몸과 얼굴엔 진흙이 묻어 지저분해졌어요.

"이렇게 끝나는구나."

보라는 쓸쓸한 미소를 지은 채 사라지기를 기다렸어요. 그런데 한 소리가 들렸고 그 소리는 점점 크게 들렸어요. 보라는 두려움에 두 눈을 질끈 감았죠. 마침내 멈춘 소리. 보라는 용기를 내어 눈을 살짝 떴는데, 개 한 마리가 보였어요.

안도감에 보라는 "뭐야! 개잖아!" 길게 숨을 쉬었죠. 그런데 개가 보라 몸 구석구석 핥기 시작했어요. 보라는 깜짝 놀라 "그만해! 뭐하는 거야?" 신경질을 내자 개는 "너를 깨끗하게 하는 거야!" 고압적인 말투를 했어요. 고압적인 말투에 보라는 가만히 있었었지만, 개의 침방울이나 흙탕물이나 마찬가지였어요.

그리 한참을 핥은 개가 보라를 물고 달리자 바람이 찝찝한 보라의 마음을 쌩~ 사라지게 했어요.

개는 나무로 만든 한 작은 집에 섰어요. 그런 후 보라를 내려놓고 힘든 숨을 가다듬고서 '컹컹!' 짖자 문 안에서 "살개야! 왜 그러니?" 중년 남자가 밖으로 나왔어요.

그 남자는 잠옷 차림이었어요. 덩치가 컸고 턱에 수염이 듬성듬성 삐죽했고 머리칼은 수세미처럼 거칠었어요, 눈에도 피곤함이 잔뜩 묻어 호감이 가지 않았죠.

남자가 살개에게 물었어요.

"웬 인형이야?"

남자의 질문에 살개는 '컹컹' 짖었죠. 그걸 본 보라는 개의 주인임을 알았어요.

살개의 짖음에 남자는 "알겠다!" 엷게 웃으며 털복숭이 손으로 아이 다루듯 보라를 감싸고서 집으로 들어갔어요. 투박하고 거칠었지만, 따뜻한 손이었죠.

집 안엔 주워온 카펫이 깔려있었고 중앙엔 난로와 나무로 만든 식탁과 의자가 있었어요. 침대도 있었고 그릇 씻는 개수대와 음식 조리할 수 있는 부엌도 있었죠. 외관은 허름하고 낡았지만 집안은 고급스러워 보였어요.

"이런 곳이 있었나?"

보라가 놀라워하자 "주인이 만든 거야. 손재주가 좋거든!" 살개는 자랑스럽게 말했어요.

그리고 여태껏 보지 못한 게 있었죠. 벽에 걸린 그림들이었어요. 모두 산과 강 동물 자연이었죠. 보라는 그림을 보자 "아름답다!" 감탄사가 나왔어요.

보라가 그림을 감상하는 사이 남자는 재봉틀로 보라의 옷을 만들기 시작했어요.

'드르륵, 드르륵'

그러나 그림에 빠진 보라는 알지 못했죠.

"다 됐다!"

옷을 완성한 남자는 지저분해진 드레스를 벗기고 보라를 개수대로가 살개의 침방울들을 깨끗한 물로 씻겼어요.(그 덕에 보라는 상쾌해졌죠.)

그런 후 남자는 보라를 식탁에 앉히고서 새 옷을 갈아입혔어요.(비록 인형이었지만, 남자가 자신의 알몸을 보는 게 창피했어요.)

새 옷을 보고서야 보라는 '남자가 자기 옷을 만들었구나.' 알았죠. 그래서 고마웠어요. 남자는 새 옷을 입은 보라에게 다정하게 말했어요.

"저번 옷보다 못하지만, 드레스가 너무 엉망이더구나!"

그리고서 보라를 골똘히 바라보며 중얼거렸어요.

"이름을 뭐라고 짓지?"

남자의 말에 할머니 인형은(현재는 공주) "보라예요!" 소리쳤지만, 남자는 생각만 했어요.

그런 보라를 보며 살개가 "그래봤자, 소용없어." 고개를 흔들었죠. 한참을 고민한 남자가 싱글벙글 웃으며 말했어요.

"아! 오드리가 좋겠구나."

'오드리가 누구야?'

보라의 생각을 알았는지 남자는 대답했어요.

"가장 좋아하는 여배우지. '오드리헵번' 로마의 휴일 여주인공이지. 공주라는 신분을 숨긴 채 기자와의 사랑, 뭐 그런 내용의 영화야."

남자는 말하고서 얼굴을 붉혔어요. 무척 외로워 보였죠.

남자의 얘기를 들은 오드리는 오드리헵번이 공주였다는 사실이 마음에 들었어요. 이제야 공주 신분을 찾았다고 생각해서죠.

그래서 할머니 인형은 "이제부터 난 오드리야."하고 즐거워했어요.

오드리가 크게 외치자 살개는 '컹컹' 웃었죠.

그리고서 남자는 숨을 크게 내쉬고서는 끝내지 못한 그림을 그렸어요. 오드리는 그림 그리는 사람이란 걸 알았죠. 보기와 다르게 세심하고 자상한 모습에 반했어요. 살개도 가만히 지켜보았어요. 그러다 지루했던지 하품했어요. 그런 살개를 보고 보라는 살짝 웃었죠. 그러다 '딱' 깨달음이 왔어요. '그림이 팔리지 않는구나!' 하고요. 당연하였죠. 가난한 시절에 먹지도 못하는 그림 따위 관심이 없겠죠. 그리 시간이 흐르자 오드리도 하품했어요. 그걸 본 살개가 '너도!' 하고 킥킥 웃었어요. 둘의 얼굴에 웃음꽃이 피었죠.

시간이 흐르자 남자의 배에서 '꼬르륵!' 소리가 났고 그러자 남자는 "오늘은 그만하자!" 기지개를 켰어요. 주인의 소리를 들은 살개가 '컹, 컹' 좋아했어요. 그런 살개를 본 남자는 "알았다! 밥 줄게!" 하고 엷게 웃었죠.

오드리는 저녁을 먹는 남자를 보며 "그림이 팔리지 않는다면 무엇으로 먹고살까?" 걱정하자 식사를 마친 살개가 대답했어요,

"먹을 필요가 없는 인형이 별걱정을 다하네! 건설 노동을 하니 걱정하지 마. 풍족하진 않지만." 그리고서 늘어지게 하품했어요.

다음날 아침이에요.
"오드리! 살개! 잘 잤어?"
남자는 다정스럽게 인사하고서 아침 식사를 준비했어요. 오드리는 의자에서 식사하는 남자 모습을 빙그레 웃으며 보았어요.
식사를 마친 남자는 세수와 면도를 하고 외출복으로 갈아입었어요. 그리고 문쪽으로 갔죠. 오드리는 정돈된 남자의 모습에서 전날 보았던 '초라한 그 아저씨 맞나?' 할 만큼 늠름하고 멋진 모습에 입이 벌어졌어요.
그래서 남자가 좋아진 오드리는 "잘 다녀오세요." 인사했지만, 안타깝게도 사람은 인형의 말을 들을 수 없어서 반응도 없이 문을 열자 오드리는 서운했어요.
그 모습이 안타까운 살개가 말했어요.
"내가 도와줄게!"
그리 말한 후 주인의 바짓가랑이를 물자 남자는 당황했어요.

주인은 살개의 힘에 이끌려 오드리에게 왔죠. 그제야 남자는 "그래, 잘 다녀올게." 큰 손으로 오드리 머리를 쓰다듬자 오드리 얼굴이 새빨개졌어요.

오드리는 살개가 주인이 없는 집에서 무엇을 하는지 궁금했죠. 외롭다고 생각했거든요. 그래서 물었어요.

"살개님은 혼자서 무얼 하나요?"

살개가 대답했어요.

"집에서 공놀이하고 그러다 배고프면 거리를 어슬렁거리지. 떨어진 음식을 먹으려고."

떨어진 음식이라는 말에 인상이 구겨진 오드리를 본 살개는 "익숙해지면 아무렇지 않아. 흥!" 삐졌어요. 오드리는 바로 미안하다고 사과했죠.

살개가 이어 말했어요.

"사과 받아 줄게! 배가 차면 아저씨가 집에 돌아올 시간까지 무작정 거리를 걷지. 너를 발견한 것도 내가 주인이 돌아올 때까지 이리저리 돌아다녔기 때문이지. 이제 공놀이도 지겨워져 가는데 너를 만나 다행이야!"

말한 후 하얀 이를 드러내며 웃었어요.

그 모습이 마치 은혜를 베풀었으니 고마워하라는 것 같았죠. 그래서 오드리는 "고마워요." 떨떠름한 감사 인사를 하고선 '흥! 잘난 척은!' 입술을 삐죽였어요. 그러나 곧 '살개가 아니었으면 자신은 산산이 부서졌겠지.' 생각이 들자 미소가 지어졌어요.

그리 둘만의 얘기를 했죠. 그러다 살개의 배에서 '꼬르륵' 소리가 났어요.

"이런 어느새 시간이 이리 흘렀네."

살개는 오드리를 물고 밖으로 나가려고 하자 "추운 건 싫어요!" 오드리가 소리쳤죠.(세상은 겨울 초입에 들어갔거든요.) 그러자 살개는 "인형이 무슨 추위를 느껴!" 오드리를 입에 물고 밖으로 나갔어요.

집을 나온 오드리의 떨리는 몸을 본 살개는 "인형이 추워서 떨다니?" 의아해했죠. 오드리도 "왜 그런지 나도 궁금해요?" 대답했어요.(그건 오드리가 감정을 가졌기 때문이지요. 그 사실을 사람이 되어서야 알았어요.)

오들오들 떨리는 자신(오드리)의 몸을 바라보자 남자가 가여

위진 오드리는 말했어요.

"아저씨가 힘들겠다."

오드리 말에 살개가 축 늘어진 채 말했죠.

"어쩌겠어. 일을 안 하면 굶으니."

살개의 말에 오드리는 긴 한숨을 쉬었어요.

그러다 풍성한 살개의 털이 보이자 오드리는 '아저씨도 겨울엔 온몸에 털이 풍성하게 자랐으면 따뜻할 텐데.' 생각했죠.

살개가 걸음을 멈췄어요. 그곳은 가구, 옷가지, 그릇 등 각종 쓰레기로 산을 이루었죠. 오드리는 처음 보는 광경에 입이 벌어졌어요. 그곳엔 사람들도 있었어요. 필요한 것을 가지고 가려고요.

"여기에서 가져갔구나!"

수정이 집과 남자의 살림살이가 생각났거든요.

쓰레기 산에 온 살개는 한 장소로 갔어요. 그런 후 오드리를 살포시 내려놓고서 "여기서 기다려." 말한 후 쓰레기 산을 뒤지기 시작했어요. 그러다 한 개를 만났죠. 오드리는 친구인가 생각했지만, 으르렁거렸어요. 둘 사이에 강한 번개가 흐르자 조마조마했어요. 무슨 큰일이 벌어질 것 같았고 누군가 말려주길 빌었죠. 그런 기도가 통했어요.

갑자기 나타난 하얀 개가 "그만두지 못해!" 늙어 기운은 없지만, 위엄 있게 말렸어요. 그제야 둘은 떨어졌어요.

"이놈들! 부족할수록 서로 도와야지. 어찌 이리도 싸우기만 하는 게야! 컥컥!"

늙은 개가 화를 내고선 기력이 쇠했는지 잔기침했어요.

"잘못했어요."

"죄송해요."

두 개는 동시에 하얀 개에게 고개를 숙였어요.

그런 후 서로의 구역에서 음식을 먹었어요. 배가 부른 살개가 오드리에게 왔어요.

"미안해! 못난 모습 보여서."

살개는 얼굴을 붉혔어요.

"무슨 일인지 설명해 줄래요?"

오드리의 물음에 살개는 길게 숨을 쉬고서 설명했어요.

이곳은 떠돌이 개들의 식사 장소였어요. 하지만 개가 많아졌고 그에 따라 음식이 부족해졌죠. 그래서 더 먹으려고 다툼이 벌어졌어요. 그 참혹함은 이루 말할 수 없었죠. 피 냄새가

끊이지 않았고 죽은 개도 많았어요. 그러다 한 늙은 개가 휴전을 제안했죠. 하얀 개였어요. 그러자 다툼으로 지친 개들도 동의했어요.

개들은 서로의 구역을 정해 거기서 얻은 음식을 먹으며 한동안 평화롭게 지냈죠. 그러나 사람들이 오자 더욱 음식이 부족해졌어요. 그러다 참을 수 없었던 몇몇 개들이 또다시 다퉜고 이젠 하얀 개의 말림도 소용없게 됐어요.

얘기를 마친 살개는 긴 한숨을 쉬었어요. 그런 살개를 보자 오드리는 답답함에 자그마하게 말했어요.

"음식만 풍족했더라면."

그런데 갑자기 궁금증이 생겼죠.

'여기에 쓰레기 산을 만들 만큼 버렸다면 그 나라 사람은 부자일 텐데, 왜 나누지 않을까?' 하고요.

9

살개는 오드리를 물고 이곳저곳을 돌아다녔어요. 세상은 알 수 없어요. 꽃처럼 아름답고 향기로운 곳도 있지만, 오물과 쓰레기 산처럼 악취 나고 더러운 곳도 있으니까요. 어느게 진짜일까요? 모두 꽃처럼 아름답고 향기 나는 것들만 심는다면 푸른 하늘처럼 평화롭고 아름다울 텐데.

이런저런 생각으로 머리가 터질 것 같은 오드리였죠. 더 이상 고민은 무리여서 그만두었는데 터덜터덜 힘없이 걷는 살개가 보여 물었어요.

"살개님은 친구가 없어요?"

살개는 대답했어요.

"예전엔 친구라는 걸 만들어 봤지. 하지만, 자신에게 손해라도 끼치면 바로 끊더라. 그걸 몇 차례 겪다 보니 친구는 만들지 않아."

"그럼, 나는 왜요?"

오드리의 물음에 살개는 "넌 먹지 않아도 되니까." 엷게 웃었어요.

그러자 오드리 가슴에 깨달음이 왔어요.

'아, 그래서….'

가게 인형들은 자신으로 인하여 손해를 보았다는 것을 알았어요. 그리고 수정이도 자신 때문에 시샘을 받았다는 것도요. 그래서 "미안해." 사과했죠.

어둠이 물려올 때쯤 살개는 집으로 갔어요. 그렇지만 기운이 없었죠. 쓰레기 산에 있었던 일 때문일 거로 생각한 오드리가 물었어요.

"살개님은 별을 본 적 없어요?"

"아주 어릴 적 한번 봤지."

"얘기해 줄래요?"

오드리의 물음에 살개는 들려주었어요.

살개는 아주 어릴 적에 부모에게 버려졌대요. 이유는 먹거리가 부족해서죠. 그날로 자신의 힘으로 살았고 그 과정에서 어른 개에게 핍박도 많이 받았대요. 그래서 한날 너무 서러워 울기 시작하자 별들이 나타났대요.

낮에 나타난 별들이 신기한 살개가

"낮에 웬 별이지?"

궁금해하자 가장 밝은 별이 대답했대요.

"너에게 있는 일종의 수호천사지."

그 대답에 살개는 자신의 슬픔 모두 쏟아냈대요. 그리고 소원도 말했대요.

그러자 가장 밝은 별은 "너의 소원을 들어줄게!" 환하게 약속하고서 사라졌대요.

그러고 나서 주인을 만났고 이후로 별들은 보이지 않았대요.

살개의 말을 모두 들은 오드리는 '별은 소원을 들어줄 수 없다고 했는데!' 자신의 소원만 들어주지 않았다고 삐죽거렸죠.(별은 개인적 소원은 들어줄 수 있지만, 다른 이를 도와주라는 소원은 할 수 없어요. 그건 별도 하늘님의 창조물이어서죠.)

그러자 '어찌하여 내 소원은 이루기 힘들까.' 생각했죠. (그 이유는 타인의 행복을 바라는 소원은 자신의 행복을 줘야 하기 때문이에요.)

　다음날이었어요. 여느 날과 마찬가지로 아침 식사를 마친 아저씨가 세수했고 수염을 밀었으며 머리칼을 다듬었죠. 그리고 벙거지 모자를 쓰고 두툼한 옷으로 갈아입었어요. 그런데 평소와 다르게 그림 도구를 챙겼어요.

　그래서 오드리는 살개에게 물었어요.

　"오늘은 일 안 나가요?"

　"오늘은 휴일이야. 쉬는 날에는 초상화를 그려준단다."

　그러며 살개도 따라갈 준비를 했어요. 오드리도 남자의 배낭에 들어갔죠.

　배낭 속에서 오드리는 생각했어요.

　'오늘은 다 함께 놀러가는구나.' 하고요. 하지만 아저씨는 일하러 가는 거예요. 가난함을 벗어나려는 안간힘이지요.

　거리는 초겨울이라 추웠지만, 배낭 속은 따뜻했죠. 하지만 밖을 볼 수 없었어요. 소리만 들렸죠.

　'터덜터덜.'

　처음 들린 건 아저씨의 힘없는 발소리였어요. 오드리는 이상했죠. 놀러가는 건데 어째서 무거운지 하고요.

가는 내내 다양한 소리를 들었어요. 자동차 소리, 물소리. 사람의 수다 소리……. 그러자 여러 가지 상상이 들어왔어요. 아주 큰 자동차 소리는 고급스러울 거야. 작은 자동차 소리는 앙증맞고 귀여울 거야. 수돗물일 거야. 시냇물일 거야. 부유한 사람일 거야. 가난한 사람일 거야. 상상하느라 즐거이 가는데 아저씨 걸음이 '뚝' 멈추었어요. 그러자 오드리는 어떤 곳일지 궁금해 빨리 나가고 싶었죠.

남자는 오드리를 꺼내 아주 작은 의자에 앉혔어요. 그리고 그림 도구를 꺼내어 배치했죠. 배치하는 동안 주변을 보았어요. 중앙에 아주 높은 탑이 있는 광장이었죠. 그렇지만 살개는 주인 옆에 얌전히 엎드려 배치하는 주인을 보았어요.

오드리는 아저씨가 배치를 마쳤으니 그림을 그릴 거라고 생각했지만, 가만히 있었어요.

돌처럼 꼼짝 않는 아저씨의 행동이 궁금한 오드리는 "아저씨는 왜 가만히 있어요?" 살개에게 물었어요.

살개는 "말하지 않았어! 초상화 그린다고." 귀찮아 했죠.

'초상화?'

초상화가 궁금한 오드리가 다시 귀찮게 했어요.

"초상화가 뭐예요?"

살개가 한심하다는 표정으로 보자 오드리는 기분이 상했
죠.
　그러자 살개는 "미안해! 사람 얼굴을 그리는 거야. 돈을 벌
려고." 웅얼거리며 대답했어요.

그제야 오드리는 '아, 그래서 기운이 없었구나.' 아저씨는
놀려온 게 아니라는 걸 알았죠.
　추운 날씨여서 그런지 사람이 많지 않았어요. 그런데도 아
저씨는 가만히 있었어요.

시간이 흐르자 살개는 지루한지 늘어지게 하품하고는 눈을 감았죠.

그 모습을 본 오드리가 물었어요.

"자요?"

"그냥 눈 감고 있어."

살개는 자그마하게 대답했죠.

오드리는 집에서 아저씨의 그림 그리는 모습은 거대한 나무처럼 멋졌지만, 밖에선 우두커니 떨고 있는 측은한 나무 같았어요.

긴 기다림이 지루했던지 남자는 눈을 감았어요. 오드리도 멍하니 몸을 떨고 있을 수밖에 없었죠.

그런데 남자에게 빛이 왔어요. 아들을 데리고 온 아버지가 "아저씨, 초상화 그려줄 수 있나요?" 남자를 깨우자 벌떡 일어나며 "그럼요!" 반겼어요.

그리고 "이 아이를 그려줄까요?" 남자아이를 보았죠.

하지만, "아뇨! 딸아이를 그려주세요." 아버진 딸 사진을 내밀었어요.

"아!"

남자는 의아했지만, 초상화를 그렸죠.

오드리와 살개는 그 모습을 조용히 바라보았어요. 아저씨의 솜씨는 놀라웠어요. 선 하나하나가 살아있는 듯 팔딱팔딱 뛰었죠. 마치 천사가 그린 그림이라고 할 만큼 섬세하고 아름다웠어요. 오드리는 다시금 아저씨가 멋져 보였어요.

"다 됐습니다."

아저씨는 완성된 초상화를 아버지에게 주며 물었어요.

"근데, 아들의 초상화는 그리지 않나요?"

남자의 물음에 아버지는 당황해하며 빠르게 말을 돌렸어요.

"여기 돈입니다!"

황급히 주머니에서 돈을 꺼내 남자에게 주었어요.

남자는 "감사합니다." 인사했죠.

그러나 아버지는 돌아가지 않고 한동안 멍하니 오드리를 보았어요.

그런 아버지가 궁금한 남자는 물었죠.

"도와 줄 일이 있나요?"

아버지는 주저주저하다가 어렵게 말을 꺼냈어요.

"인형을 파실 수 있나요?"

남자는 당황했어요. 그건 살개와 오드리도 마찬가지였죠.

"무슨 일로 그러시나요?"

남자의 물음에 아버지가 대답했어요.

"딸에게 주려고 합니다."

울먹이는 부탁에 남자는 더 이상 묻지 않았어요.

"그냥 드릴게요. 나 같은 어른은 인형이 필요 없죠."

남자의 대답에 살개와 오드리는 매우 섭섭했어요.

"감사합니다."

인사를 하고서 아버지는 아들과 함께 집으로 갔어요.

"이거 섭섭한데. 그러나 나보다 더 필요한 곳 같으니 어쩔 수 없지."

남자는 아버지 손에 들려서 가는 오드리를 풀 죽은 얼굴로 한동안 바라보았어요. 살개도 섭섭한 표정으로 주인과 오드리를 번갈아 보았죠.

10

"뚜벅뚜벅"

아들의 손을 잡고 걷는 아버지의 발소리는 어두웠어요. 그래서 오드리는 '이 남자는 어떤 사연일까.' 궁금했죠. 그런 슬픈 발걸음을 들으며 가는데 한 허름한 초가집에서 멈추었어요. 오드리는 자신이 살 집이란 걸 알았죠. 구조는 화가 아저씨의 집과 마찬가지로 방과 거실이 구분이 안 되었어요. 세간도 주워온 것도 있고 직접 산 것도 있었죠. 역시나 가난한 삶이었어요.

집에 온 아버진 옷도 벗지 않고 바닥에 누워 있는 딸에게 말했어요.(딸은 얇은 이불 몇 겹을 덮고 있었죠.)

"잘 지냈어! 네게 줄 선물이 있다."

그러며 오드리와 그림을 주자 여자아이는 "와! 고마워요. 아빠!"하며 활짝 웃었죠.

아버진 얼른 연탄을 갈았어요.

오드리는 여자아이를 보았어요. 옷은 알록달록 예쁜 옷을 입었지만, 얼굴빛은 하얗고 뼈만 앙상하게 남았으며 눈도 흐릿했죠. 한눈에 심각한 병이 있음을 알자 여자아이가 가여웠어요.

여자아이가 몸을 일으키려 했어요. 그러자 남자아이가 얼른 도와 주웠죠.

여자아이는 "고마워! 오빠!" 인사를 하고서 오드리를 보며 "이름이 뭐예요?" 물었어요.

아버지가 대답했어요.

"글쎄! 이름을 짓지 않았구나!"

아버지의 대답에 여자아이는 "그럼, 내가 짓겠어요." 그러며 고민했죠.

"음……음."

아빠는 고민하는 딸을 보며 엷게 웃었어요. 그렇지만 슬픔도 있었죠.

한참을 고민하던 여자아이가 "샛별이라 할래요."

딸의 미소에 "아주 좋은 이름이구나!" 아버지는 활짝 웃었어요. 아버지 옆에 선 오빠도 미소 지었죠.

'샛별' 새 이름을 얻은 공주 인형(할머니 인형)은 여태까지 이름보다도 좋았어요. 별을 계속 지닐 수 있으니까요.

샛별은 자신에게 '샛별'이란 이름을 지어준 여자아이를 보며 '어떤 병에 걸렸을까?' 궁금했지만, 알려줄 이가 없었어요. 아내도 없었죠.

샛별은 집도 크고 오빠도 아빠도 있어서 수정이보다 환경이 좋다고 생각했어요. 아직까진 말이죠.

"안녕! 난 민지야!"

아이가 먼저 인사했어요.

'민지!'

샛별은 얼굴처럼 이름도 예쁘다고 생각했죠.

민지가 오빠를 보며 말했어요.

"오빠도 인사해."

동생의 부탁을 들은 오빠는 수줍어하며 인사했어요.

"난 민호야. 잘 지내자."

남매의 인사를 들은 샛별은 "안녕! 민지야 사이좋게 지내자!" 하고 방긋 웃었어요.

민지 품에 안긴 샛별은 이 행복 영원히 가게 해달라고 기도했죠. 하지만 수정에게 미안했어요.

"밥 먹자!"

아빠는 딸에게 밥과 반찬이 담긴 그릇을 들고 와선 한 숟갈 한 숟갈 떠먹었어요. 참으로 다정해 보였어요. 딸을 정말 사랑하는 것 같았죠. 딸에게 음식을 다 먹인 아빠는 그제야 아들과 식탁에서 식사했어요.

그러나 민호는 밥그릇에만 눈을 응시한 채 식사했죠. 아버지도 체념한 듯 식사했어요.

민지와 반대인 상황이 샛별로선 당혹스럽기만 해요.

식사를 마친 아버지가 눈을 감고 두 손을 모으자 민호도 똑같이 했죠.

아버지가 말했어요.

"하나님! 오늘도 민지가 무사히 지낼 수 있도록 해주어 감사합니다. 부디 이 행복 영원하게 해주시고 부탁하건대 민지가 건강하게 해주세요. 아멘!"

그런데 민호가 '아멘'을 아버지와 함께하는 거예요. 여전히 눈은 밥그릇에 두고는 있지만요. 샛별은 그 모습이 의아했어요.

그렇게 해가 뜨고 지길 한 달이 지났어요. 그런데 어떨 때는 아빠가 집에 왔고 어떨 때는 오지 않았죠. 샛별은 이상하다고 생각했지만, 크게 신경 쓰지 않았어요. 아빠가 바쁜 일이 있나 여겼거든요. 아빠가 오지 않는 날은 민호가 민지에게 밥을 먹였어요. 그 모습도 참으로 애틋했죠.

시간은 계속하여 지났어요. 그러는 사이 민지의 건강은 약도 병원도 소용없을 만큼 악화됐어요. 그러다 결국 피를 토하기 시작했고 숨소리가 거칠어졌어요.

아빠는 민지를 업고 급히 병원으로 갔죠.

병원 침대에 누운 민지를 보며 아빠와 민호는 괴로운 눈물을 흘렸어요.

아빠가 울먹이며 민지에게 말했어요.

"기운 차려봐!"

샛별도 민호도 기운 차리길 바랐죠.

의사 선생님이 민지를 가엾이 보았어요.

"의사 선생님! 제발 살려주세요!"

아빠는 애원했지만, 의사 선생님은 고개를 저었어요.

집으로 온 아빠는 이제 딸의 곁만 있었어요. 종일 집에서 딸을 품고 노래만 불렀죠.

그러나 비 오는 어느 날 숨을 거두었어요.

"오! 안 돼! 제발 살아나!"

아빠는 소리쳤어요.

그날 아빠와 민호의 울음소리가 집을 삼켰죠. 샛별도 이루 말할 수 없는 슬픔이 찾아왔어요.

샛별이 울자 사방이 깜깜해졌고 별들이 왔어요.

별들을 본 샛별은 울부짖었죠.

"소원을 이루어 준다고 했잖아요!"

가장 밝은 별이 말했어요.

"우리도 어쩔 수 없어. 하늘님의 뜻인 걸."

"그게 무슨?"

샛별의 분노에 가장 밝은 별은

'이런 상황을 볼 때면 가끔 우리도 하늘님에게 화가 날 때가 있어. 그래서 이유를 알려주고 싶지만, 알려주면 시험을 받는 이는 깨닫지 못한단다.'

가슴으로 말하며 안타까워했죠.

샛별은 그 하늘님이 누군지 모르지만, 이루 말할 수 없는 분노로 저주를 퍼부었어요. 별들도 슬픈 눈으로 바라보았죠. 샛별이 실컷 퍼부었더니 후련해졌어요.

"이젠, 좀 시원해졌니?"

가장 밝은 별의 질문에 샛별이 고개를 끄덕이자 별들은 사라졌어요.

그런데 샛별은 민호 품에 안겨서 걷고 있었어요. 샛별은 이 상황이 어리둥절했죠.

그래서 "어떻게 된 거지?" 궁금해하자 환영이 보였어요.

민호가 아빠에게 울며 소리쳤죠.

"울지 마! 그럴 자격도 없어! 민지를 사랑하지도 않았으면서."

"아니야! 민지를 사랑했어!"

아빠는 울먹이며 말했어요.

"사랑했다면 술도 안 먹고 도박도 안 하고 성실히 일해서 가정을 돌봤을 거야! 엄마도 떠나지 않았을 거야! 민지를 죽인 건 아빠야!"

민호는 크게 소리쳤어요.

그 소리에 순간 화가 난 아빠는 '짝!' 아들의 뺨을 쳤어요.

아빠는 당황해서 "미안하다!" 사과했죠. 하지만 민호는 샛별을 들고 뛰쳐나갔어요. 샛별은 알았죠. '아빠가 집에 돌아

오지 날은 도박하려갔다는 것을요.'

민호가 샛별에게 말했어요.

"이제 나하고만 살 거야. 그러려면 돈을 벌어야 해. 돈을 벌려면 굉장히 힘들어. 특히 나 같은 아이는 굶는 날도 있고 비도 눈도 맞고 아무튼 고생을 할 거야. 괜찮아? 아빠는 힘든 삶에 졌어. 그래서 쉽게 돈을 벌려고 도박을 한 거지. 세상은 쉽게 돈을 벌게 하지 않아. 쉽게 돈을 벌려고 하면 안 좋은 일이 벌어져. 난 힘든 삶을 이길 거야!"

민호는 비장한 표정이었어요.

그런 민호를 향해 샛별이가 "괜찮아! 너를 응원할게!" 힘을 보탰죠.

11

　도시로 가는데 꼬박 하룻밤이 걸렸어요. 민호는 샛별을 가슴에 품고 쉴 틈 없이 이야기했죠. 슬픔을 이기려고 하는 것처럼 말이에요. 샛별은 가슴이 텅 빈 것 같았을 뿐만 아니라 매우 아팠어요. 그렇지만 정신을 차리려 애썼죠. 자신마저 슬픔에 빠지면 민호는 혼자가 될 것 같아서예요. 이런 꼬마도 슬픔을 이기려고 애쓰는데 말이지요.

　도시에 도착한 민호는 구걸했어요. 샛별도 따라 했죠. 그런 샛별의 모습이 지나가는 사람들의 이목을 끌었어요.

　"거참, 별일이네!"

　"인형이 구걸하다니!"

　그리 말하며 한 푼 두 푼 주었어요.

샛별은 처음엔 창피했지만, 시간이 지나자 자신이 도움이 되는 것 같아 기뻤죠.

그렇지만 '쯧쯧!' 혀만 차고 지나가는 사람들도 있었어요. 그런 사람에겐 화가 나서 고함을 질렀죠.

"돕지도 않고! 우리가 원숭이야!"

이리 어린 민호가 창피함을 참아가며 구걸하는데 도와주기는커녕 불쌍함을 구경거리로 삼는 것에 화가 났어요.

해가 지고 어두워지자 민호는 일어났어요.

그러더니 "이 돈으로 음식을 사 먹을 수 있겠어." 하고 한 국밥집으로 갔어요.

국밥집 이름은 '방글'이었어요. 힘든 시절 자신의 가게 음식을 먹으며 '방글' 웃으라는 의미 같았죠. 민호는 미닫이문을 열고 들어갔어요. 테이블 세 개 정도 있는 작은 가게 안은 전구 빛으로 밝았고 난로의 열기로 따뜻했어요.

먼저 민호를 맞이한 건 "돈은 있니?" 묻는 체격이 큰 주인 아줌마의 쌀쌀한 눈빛이었어요. 가게 이름과는 반대의 주인이 샛별은 싫었어요.

민호는 "네." 힘없는 대답을 하고서 아무도 없는 탁자에 앉았죠. 샛별은 민호의 옆 의자에 앉았어요.

"뭘 먹을 거니?"

점원의 물음에

"국밥 한 그릇 주세요."

민호의 대답에 점원은 "알겠다." 말하고서 샛별을 흘깃 보았어요. 구미가 당기나 봐요.

"국밥 한 그릇!" 가게가 떠나라고 큰소리를 친 점원은 민호에게 물었어요.

"이 귀한 인형을 어디서 구했데. 네 거야?"

민호가 대답했어요.

"내 거예요. 원래는 동생 것이었죠."

"동생은?"

점원이 아픈 곳을 건드리자 민호가 "국밥은 안 주실 건가요?" 신경질을 냈죠.(샛별도 "뭐가 그리 궁금해!" 화를 냈어요.)

그러자 점원은 "묻지도 못하니? 음식이 다 돼야 주지!" 삐죽이며 배식구로 가서 국밥이 나오길 기다렸어요.

국밥이 나오자 민호는 그릇에서 얼굴도 들지 않고 빠르게 먹었어요. 배가 굉장히 고팠나 봐요.

점원이 그릇을 치우며 말했죠.

"배가 많이 고팠구나?"

민호는 고개를 까닥하고서 계산대로 가 돈을 냈어요.

그런 후 문을 열려는데 "잠깐만!" 주인이 민호를 불렀어요.

"돈 냈잖아요?"

민호의 말에 주인의 눈이 양쪽으로 찢어졌죠.

"돈이 부족해."

싸늘한 주인의 말을 들은 민호는 재빨리 도망쳤고 그런 민호를 주인이 "저놈의 도둑! 잡아라!" 고함치며 잡으려고 뛰었지만, 늙은 탓에 놓쳤죠.

으슥한 골목에 멈춘 민호가 말했어요.

"헉헉! 넘어갈 줄 알았는데."

민호는 돈이 부족하다는 걸 알았어요. 하지만 배가 너무 고파 무작정 국밥을 먹었던 거죠. 샛별은 터덜터덜 힘없이 걷는 민호가 가여웠어요. 마치 끝이 없는 어두운 터널을 걷는 것처럼 말이죠.

샛별은 지금이라도 집에 돌아가길 바랐어요. 하지만 간다고 달라질 건 없었어요. 그러다 문득 지금 민호는 별을 만났을까. 생각이 들어 "별님!" 간절히 불렀죠. 그랬더니 "왜 그러니?" 하고 가장 밝은 별이 나타났어요.

샛별은 물었어요.

"지금 민호는 별을 만났을까요?"

가장 밝은 별이 대답했어요.

"안타깝지만, 사람은 별을 볼 수 없단다."

"네!"

샛별은 '사람은 별을 볼 수 없단다.'는 대답에 잠시 멍해졌죠. 충격을 받았나 봐요.

"어째서죠?"

샛별의 물음에 가장 밝은 별이 대답했죠.

"사람은 전생에 죄를 지어 지금의 모습으로 태어나서야. 그래서 그 죄의 어둠이 별을 볼 수 없게 하지."

그렇지만 납득하지 못하겠다는 샛별이었어요.

'그 해맑고 착한 수정도 민지도 민호도 그리고 따뜻한 화가 아저씨도 죄를 지었단 말인가?'

샛별은 고개를 세차게 저었어요.

그런데 이상한 점이 있었어요. '나와 살개님은 어째서 별을 쉽게 볼 수 있었는지?'

그래서 또 한 번 물었죠.

가장 밝은 별은 대답했어요.

"그건 사람들이 다른 존재들과 달리 이기심도 있어서야. 너희들은 이기심이 없고 본능만 있어 눈물만 흘리면 별이 나타나지만, 사람은 눈물만으로 별이 나타나지 않지. 이기심도 없애야 해서 너희보다 별을 보기 힘들어."

하지만 샛별은 그 말이 무슨 뜻인지 몰랐어요. 인간이 되어서야 알았죠.

민호는 구걸로 생활했어요. 그 과정에서 불량배에게도 많이 맞고 빼앗겼어요. 불량배한테 돈을 뺏긴 날은 쫄쫄 굶었어요. 그렇지만, 샛별만큼은 뺏기지 않았죠. 사랑하는 동생의 소중한 것이니 반드시 지켜내야겠다는 각오였죠.

그러다 비 내리는 어느 날 민호는 "이젠 못하겠다." 말하고는 빛 한 점 없는 어둑한 거리를 걸었어요. 그러다 불이 꺼져 있는 집으로 이어진 골목길로 접어들었어요. 그러더니 한 집에서 멈추더니 문을 두드렸죠.

안에서 성인 남자가 "누구요?" 물었어요.

민호는 "아저씨! 저예요." 대답했죠.

남자는 놀란 목소리로 "김씨네 아들 아니야!" 하고 얼른 문을 열었어요.

"웬일이냐?"

남자는 물었어요.

"여기서 살게 해주세요."

민호의 지친 대답에 남자는 당황했어요.

"일단, 들어오너라."

남자는 민호를 방으로 안내했어요.

방엔 불빛으로 밝았고 가운데 놓인 난롯불의 열기로 따뜻했어요. 그리고 식사를 마친 여자는 요람에 놓인 갓난아기를 재우고 있었죠. 민호는 여자를 보자 고개 숙이며 인사했어요. 하지만 여자는 '오붓한 시간 방해한 방해꾼'으로 여겨 반기지 않았죠. 그런 여자의 마음을 민호는 알았지만, 워낙 춥고 피곤한지라 그만 식탁 의자에 주저앉아 난롯불에 몸을 녹였어요. 샛별을 가슴에 안고서요. 멍하니 허공만 보는 민호를 보자 샛별은 이런 마음이 들었어요.

'어째서 민지는 저 멀리 날아갔을까? 내게 날개가 있다면 민호를 민지에게 데려가 줄 텐데.'

민호 옆에 앉은 남자가 물었어요.

"밥은 먹었니?"

그제야 정신이 돌아온 민호는 "아……뇨!" 떠듬거리며 대답했죠. 그 말에 남자는 "빵이라도 먹으렴." 먹다 남은 빵을 주었어요. 민호는 빵을 허겁지겁 먹었죠. 샛별은 그런 민호를 가엾이 보았어요.

그런데 샛별의 눈에 책상에 있는 '흰 날개 달린 아기인형'이 보였어요. 그 인형의 눈에선 따뜻한 빛이 나왔죠. 그래서 직감적으로 알았어요. 소원을 들어줄 인형이라는 것을요.

남자는 무슨 일이 있었는지 민호에게 물었어요. 민호가 얘기했죠. 얘기하면서 굵은 눈물을 뚝뚝 흘리는 민호의 어깨를 남자는 다독여 주었죠. 여자도 슬퍼했어요.

얘기를 모두 들은 남자가 말했어요.

"오늘은 빈방에서 자거라."

그렇지만 동생에게 아무것도 해줄 수 없었던 자신을 미워하며 잠을 자지 않았어요. 샛별도 마찬가지였어요.

그리 한참을 뒤척이는데

"얘!"

갑작스러운 소리에 주변을 보니 아까 보았던 날개 달린 인형이 샛별 앞에 있었어요.

샛별은 움직일 수 있는 인형을 보고서 깜짝 놀랐어요.(인형들은 움직일 수 없어 대화로 놀거든요.)

"어떻게?"

날개 달린 인형이 엷은 미소 지은 후 대답했어요.

"난 다이아몬드별 사람의 영혼이 들어와서야. 이별 사람은 이 인형을 천사 인형이라고 부르더라."

"다이아몬드별 사람? 천사? 영혼?"

샛별이 궁금해하자 날개 달린 인형이 설명했어요.

"난 하늘님의 물건을 훔친 죄로 지상으로 쫓겨나 이곳저곳 떠돌고 있었지. 외롭고 슬펐어. 그래서 따뜻이 쉴 보금자리가 필요해 인형들에게 들어가려 했으나 '들어오지 마세요.' 거부만 당했어. 그래서 낙담하며 차가운 거리를 헤매었지. 그런 내 눈에 새하얀 날개를 달은 지금의 인형이 보여 다가갔어. 마지막이란 심정으로. 인형은 두 손 모은 채 밤하늘을 보며 무언가 간절히 기도했어. 무척 슬퍼 보였지. 난 '무엇을 비니?' 물었고 인형이 대답했어. '난 날개가 있지만 날 수 없어요. 한 번이라도 날아갈 수 있다면, 그리된다면 추운 밤거리에서 떡을 파는 꼬마 소녀를 행복하게 해주고 싶어요.' 그리고서 닭똥 같은 눈물을 흘렸지. 내가 말했어. '내가 이루어줄 수 있는데.' 하는 내 말에 인형은 '정말로요!' 눈을 반짝였어. 난 '정말이지!' 말했지. 그러자 인형은 '어서 이루어주세요!' 간절하게 부탁했어. 그러나 인형은 하나는 버려야 했지.

'영혼'이야. 그런데도 들어달라고 해서 알려주었고 자신의 소원(꼬마 소녀가 따뜻한 집에서 가족과 지내는)을 이룬 인형은 엷은 미소를 보이며 사라졌지. 그 빈몸에 들어왔어. 한 몸에서 친하게 지낼 수 있었는데." 그러며 안타까워했어요.

샛별은 천사 인형의 말에 화가 났어요. 다이아몬드별 사람이 이기적이었기 때문이었죠. 그런 샛별의 마음을 알은 날개 달린 인형이 대답했어요.

"자신이 원한 거야. 들어주지 않은 게 그 인형에겐 슬픔이지."

천사 인형의 부드러운 대답을 들은 샛별은 웅크리며 자는 민호를 가만히 보았죠. 왠지 날개 달린 인형 속 다이아몬드 사람의 마음을 알 것 같았어요.

12

"잘 잤니?"

남자의 물음에 민호는 부부에게 인사하고서 식탁을 물끄러미 보았죠.

그 식탁에는 모락모락 김 나는 따뜻한 식사가 차려져 있었어요.

"밥 먹자."

남자의 말에 민호는 샛별을 식탁 위에 놓고서 의자에 앉았어요.

그걸 본 여자가 말했어요.

"식사하는 데 방해돼."

그러며 샛별을 천사 인형 옆에 놓았죠.

"안녕하세요!"

샛별의 인사에 천사 인형은 눈을 '찡긋' 했어요.

샛별은 식사하는 민호를 보았어요. 오랜만에 가족의 사랑을 느껴본 민호는 미소를 지었죠. 그런 따뜻하고 평화로운 민호를 보자 샛별은 생각했어요.

'민지도 있었으면 얼마나 좋았을까.'

남편이 일을 하려 나가려고 문을 열자 "조심해서 다녀오세요!" 아내는 배웅했어요. 남편은 아내의 볼에 살짝 뽀뽀했죠. 이를 본 민호의 볼이 빨개졌어요. 남편을 보낸 아내는 집을 청소했어요. 민호도 도왔죠. 은혜에 보답하려고요. 일이 끝나자 민호는 아줌마에게 외출을 알리고 밖으로 나갔어요. 샛별도 함께요.

작은 언덕에 앉은 민호가 말했어요.

"여기서 살고 싶어. 하지만 안 되겠지."

그리고선 깊은 한숨을 쉬었어요. 샛별은 민호를 부부가 입양하기를 바랐죠. 민호는 하루라도 더 있으려 청소, 심부름, 장보기 그리고 갓난아기도 돌봤어요.

그렇게 며칠이 지난 어느 밤이었죠. 부부의 작은 말다툼이 들렸어요.

"아이, 계속 지내게 할 거야?"

아내는 작은 목소리로 남편에게 불만을 토했어요.

그러나 남편은 아무 말도 하지 않았죠.

그러자 답답한 아내가 "아이의 아버지에게 보내." 남편에게 톡 쏘았어요.

여자의 그 소리에 샛별의 가슴이 '쿵!' 내려앉았어요. 다시 돌아간다면 끔찍한 생활이 될 거예요. 민호도 꿈쩍했죠.

"그럴 순 없어. 민호가 불행할 거야."

남편은 아내를 달래고선 이어 말했죠.

"안 그래도 이씨가 찾아왔더군. 공장 나간 후로 처음 봤는데 많이 상했더라. 그동안 민호를 찾느라 그리 됐겠지."

아저씨의 말을 들은 민호는 아버지가 자신을 잊지 않았다는 걸 알았어요. 하지만 돌아가기는 싫었죠.

남자는 긴 한숨을 쉬고서 말을 이었어요.

"한순간 흔들리더라. 그러나 이씨를 알기에 말하지 않았어. 당신도 그동안 편했잖아."

그 소리에 여자가 화를 참으며 힘겹게 말했어요.

"좋은 척한 거지. 우리도 힘들어. 남의 아이까지 돌볼 여력이 없어."

"조용히 해 듣겠어."

남편은 아내에게 그만하라고 했어요.

하지만, 모두 들었죠. 한순간 무거운 공기가 내려앉자 민호는 침대에 앉았어요. 샛별은 긴장한 채 보았죠. 한동안 침묵을 지키던 민호가 입을 열었어요.

"아버지에게 가야겠어."

어렵게 내뱉은 말에 샛별은 말렸어요.

"그러지 마! 여길 떠나면 힘들어질 거야!"

그렇지만 인형의 말을 듣지 못했죠.

"내일 아침에 떠날 거야. 너도 이해해 줄 거지."

민호의 젖은 말에 샛별의 가슴이 어두워지자, 별들이 나타났죠.

"별님!"

샛별은 구세주라도 본 듯이 반가웠어요.

"왜 그리 슬퍼하니?"

가장 밝은 별의 물음에 샛별이 대답하자 가장 밝은 별이 엷게 웃으며 말했어요.

"소원을 들어줄 이가 있잖니. 천사 인형!"

그 말에 샛별의 눈이 반짝여졌죠.

"그럼, 당장 부를게요. 천사님!"

샛별이 크게 외치자 천사 인형은 날개를 펄럭이며 문을 통과하여서 샛별 앞에 오자 별들은 예의를 다해 고개를 숙였죠. 그걸 본 샛별도 고개 숙이자 천사는 엷게 웃은 후 샛별에게 물었어요.

"이 반응은 뭐지?"

샛별은 떨리는 음성으로 대답했어요.

"당신이 이리 대단한 분인지 몰랐어요."

"난 죄인일 뿐인 걸. 나를 봐!"

샛별은 얼굴을 들어 천사를 보았죠. 그런데 낮과는 달랐어요. 이는 괴물처럼 날카로웠고 입술과 눈은 검붉었으며 눈은 부리부리했죠. 그뿐 아니라 머리칼도 푸석했고 피부색은 핏기 없는 하얀 것이 하얀 악마 자체였어요. 하지만 몸과 팔과 다리는 길고 반짝반짝 빛났어요. 그런 부조화에 샛별은 경악해 "악!" 소리쳤어요.

그런 샛별에게 천사 인형 속 다이아모드별 사람은 "놀랐니? 이 모습이 본 모습이야." 슬픈 목소리로 말하자 별들은 침울해졌죠.

　샛별은 놀란 마음 진정시키고 어렵게 "왜 이런 모습이?" 작게 묻자 가장 밝은 별이 "어허!" 하고 말렸어요. 그러나 하늘 사람은 "괜찮아." 미소 보인 후 얘기했죠.

13

하늘력 987년 어느 맑은 날

그날도 천사 인형에 들어간 그분은 알록달록 예쁜 꽃의 아름다움을 감상하며 거리를 걸었어요. (하늘나라는 항상 따뜻한 봄이에요. 그리하여 먹을 것이 풍족하여 행복하고 평화롭죠.)

그걸 본 꽃들이 "안녕하세요! 리라님!(천사 인형 속 그분 실제 이름)" 인사했죠.

리라도 "너흰 매일 봐도 예쁘구나!" 화답했어요.

꽃들이 웃으며 물었어요.

"호호! 오늘도 저희만 볼 거예요?"

꽃들의 물음에 리라는 잠시 생각했죠. 매일 같은 곳만 돌아다녀서 지겨웠거든요.

그래서 리라는 "오늘은 멀리 가 볼까?" 리라의 용기에

"그러세요!"

"좋아요!"

꽃들은 응원했어요.(리라가 새로운 경험을 해서 한 단계 성숙하게 하려는 거죠.)

꽃들의 응원을 받은 리라는 용기가 생겨 "그럼, 그럴게!" 리라는 새로운 세상으로 나갔어요.

그리 멀어지는 리라를 바라보며 "부디 무사하셔야 하는데." 꽃들은 험준한 여행 무탈하게 마치길 바랐죠.

리라는 운동 부족 탓에 조금만 움직였는데 숨이 차자 "내가 운동을 너무 안 했구나. 어쩔 수 없지. 자동모드!" 말했어요.

그러자 날개는 스스로 펄럭거렸죠. 펄럭이는 날개를 보며 리라는 결심했어요.

"이 여행 마치면 체력단련 해야지!"

그런 리라의 눈에 한 무리의 새가 보여(하늘나라의 새는 온몸이 공처럼 둥글었으며 몸 안에 눈 귀 입 코가 있어요. 조그만 날개만 삐죽 나왔죠.) "안녕!" 인사했고 새들은 몸을 흔들어 답했어요. 그렇게 중간마다 나타난 새를 보느라 지루하지 않았어요.

하루가 지나서야 새 세상이 눈에 들어왔어요.

"와!"

하늘에서 바라보는 새 세상은 새파랬죠.

"이곳은 파란 공 모양이네!"

리라가 살던 곳은 육각형으로 투명한 빛을 내어 다이아몬드별이라 불러요.

"내려가서 좀 쉴까."

리라는 새 세상의 널찍한 돌에 앉아 자세히 보았죠. 그런데 깜짝 놀랐어요. 처음 보는 신기한 생명이 많았거든요. 코가 길쭉하고 통통한 동물(코끼리), 목이 긴 동물(기린), 목털이 가득한 동물(사자) 가시만 있는 동물(아프리카 고슴도치) 별별 동물이 있었어요. 다이아몬드별은 여러 색의 동그란 동물만 있거든요. 그리고 앞서 새와 같이 동그라미 안에 눈 코 입 귀 모두 있었고 통통 뛰며 이동하죠. 새만 날개가 삐져나왔어요.

꽃 종류도 다양했어요. 잎 끝이 말린 꽃(스피랄리스, 케이프스타) 몸통은 넓은데 가시만 있는 꽃(선인장) 잎이 나팔처럼 펼쳐진 꽃(아프리카 부채야자) 다이아몬드별은 빨강 잎, 파란 잎, 노란 잎 꽃들 그리고 하나뿐인 하얀 잎을 가진 꽃만 있거든요. 리라는 다양한 모습을 놀라워하며 감상했죠. 그리 돌아다니

자 온몸에 땀방울이 맺혔어요.

그래서 "아! 덥다." 손으로 땀을 닦는데 가까이 있는 하늘로 길게 뻗은 울창한 꽃(아프리카 기름야자)이 말했어요.

"내게로 와! 시원할 거야!"

리라는 기뻐하며 갔어요.(이곳에서 처음으로 자신에게 말을 걸어 주었거든요.)

"시원하지! 근데 넌 처음 보네?"

작은 날개를 단 조그맣고 앙증맞은 리라가 신기해서 묻는 야자에게 리라는 "난 하늘에서 왔어요!" 대답했어요.

그 말을 들은 야자는 '킥킥' 웃었어요.(말이 되지 않는다고 생각했죠.)

"정말이에요!"

꽃이 믿지 못하자 리라는 뽀로통해졌어요.

꽃은 말했어요.

"그래. 믿을 게. 난 아프리카 기름야자라고 해! 그냥 야자라고 불러!"(이곳은 생명들이 많아서 자신이 알지 못하는 생명쯤으로 여겼죠.)

야자가 물었어요.

"근데 왜 이곳에 왔어?"

'새로운 경험을 하려고요.' 리라의 대답에 야자는 기특하게 보았어요.

그리 리라가 야자의 그늘에서 더위를 식히는데 '저벅저벅' 발소리가 들렸어요.

"뭔 소리지?"

리라는 궁금해 밖으로 나가려고 하자 야자가 "잎 속으로 숨어!" 다급하게 말했어요.

리라는 영문도 모르고 잎 속으로 숨었죠. 잎 속은 자신이 살던 곳처럼 따뜻하고 아늑했으며 부드러웠어요. 그리고 향긋한 향기도 났죠. 이곳이라면 아무리 시끄러워도 단잠을 잘 수 있을 것 같았어요.

야자에게 온 사람은 이마의 땀을 손등으로 닦으며 말했어요.

"좀 쉴까?"

리라는 긴 천 하나를 감은 검고 덩치가 크고 수염이 덥수룩하게 난 사람이 이 행성의 주된 생명이라는 걸 알았어요. 그러나 날개는 없었죠.

"여기 사람은 모두 저렇게 생겼어요?"

속삭이며 묻는 리라에게 야자는 "아니야, 작은 사람도 있고 장애를 가진 사람, 여자도 있고 나이 많은 사람도 있고 검은 사람, 하얀 사람, 황색 사람, 그 외에 다른 性(성)을 지닌 사람이 있어. 저 사람은 검은 남자야." 작게 대답했죠.

리라는 또 한 번 놀랐어요.

다이아몬드별의 주된 생명은 얼굴, 몸, 키, 모두 같거든요. 성별만 다르죠. 그리고 열 살이 된 후부터 더 이상 늙지 않아요. 그래서 옷 색깔을 달리해 구분해요.(그럼, 인구가 넘칠 거고 행성은 터질 텐데. 염려하겠지만, 자신이 원하는 나이까지 살면 사라져요.)

유일하게 다른 건 다이아몬드별을 다스리는 하늘님이죠. 덩치도 산처럼 크고 백발 머리칼과 수염도 길게 있어요. 그런데 이곳 사람은 모두 다르다니 리라는 신기할 뿐이었죠.

충분히 쉰 검은 남자가 일어났어요. 그러더니 작은 꽃(식용풀)을 캐기 시작했죠. 그 모습을 본 리라가 물었어요.

"왜 예쁜 꽃을 캐죠?"

야자는 황당하다는 듯 껄껄 웃으며 대답했어요.

"먹으려고 하는 거야. 먹지 않으면 죽거든."

야자의 대답에 리라는 충격을 받았어요. 언젠가 엄마로부터 죽음이란 엄청나게 무서운 괴물이란 걸 들었거든요.

"죽음이란 무시무시한 괴물이야. 자신이 살려면 다른 생명을 죽이라고 하거든. 그래서 결국 다른 생명을 죽이지만, 그 죽인 이도 다른 생명에 의해 죽는단다. 그러나 더 악랄한 건 죽음은 죄책감을 낳는단다. 그래서 죽인 이는 죄책감을 덜려 끊임없이 태어나 죗값을 받지."

그런 죽음을 실제로 마주한 리라는 온몸이 떨렸어요. 그러자 다이아몬드별 사람은 죽음이 없어서 다른 생명을 죽이지 않아도 되니 다행이지요.

"그나저나 넌 배고프지 않니? 한 번도 먹는 걸 보지 못했구나!"

야자의 물음에

"배고픔! 그게 뭐죠?"

리라는 되물었어요.

"저 사람처럼 죽음이 보내는 신호!"

야자의 말에 리라는 "우린 배고픔이 없어 다른 생명을 죽이지 않아도 돼요!" 말했어요.

리라의 말을 들은 야자는 놀라워하며 "그것참 편리하구나. 이곳 생명은 먹기 위해 엄청난 노동을 한단다."

리라를 부러워했죠.

야자가 말하자 리라는 궁금했어요. 야자도 음식을 먹지 않았거든요.

그래서 "야자도요?" 리라가 묻자 야자는 "그럼! 가만히 있어 보여도 햇빛과 물을 먹기 위해 쉼 없이 고생하지. 그렇지만, 햇빛과 물은 생명이 없어서 죄책감은 없지." 그리 말한 후 '흠흠' 웃었어요.

리라는 이곳 생명이 가여웠어요. 다른 생명을 죽여야만, 자신이 살아남을 수 있다는 것. 그 과정에서 엄청난 죄책감이 들고 그 벌을 받으려고 끊임없이 태어나는 고통. 그걸 알자 자신이 행복하단 걸 알았어요. 다이아몬드별에서 있을 때 가끔 불평했거든요.

그렇게 따가운 햇볕을 받으며 리라는 꽃을 캐는 사람을 가엾게 보는데, 몸집이 크고 날카로운 발톱과 이빨을 한 험악한 생명(사자)이 살며시 검은 남자에게 다가갔어요. 그러나 그 검은 남자는 꽃을 캐느라 정신이 없었죠.

"큰일 났네!"

야자가 안타까워했어요.

"왜 그래요?"

리라의 물음에 야자가 "사자가 남자를 먹으려고 해. 어떡하지 돌봐야 하는 식구가 많은데." 떨리는 소리로 대답했죠.

그래서 리라가 검은 남자에게 알려주려고 나가려고 하자 "그럼, 너도 죽어!" 야자의 경고에 잠시 머뭇거렸어요. 그 틈에 사자는 검은 남자를 날쌔게 덮쳤어요. 검은 남자는 "아!" 짧은 비명을 남기고 사자의 먹이가 되었죠.

그 광경은 참혹했어요. 검은 남자의 빨간 피가 사방으로 퍼져나가는 모습을 리라는 고통스러운 눈물을 흘리며 보았죠. 그런데 먹고 있는 사자의 눈에 눈물이 고여 리라는 혼란스러웠어요. 하지만 '저 눈물이 엄마가 말한 죄책감이구나.' 알았죠.

남자를 다 먹기까지 삼십 분이 걸렸어요. 그러나 사자는 한동안 하늘을 보았어요. 기도를 하는 것 같았죠.

"너무해!"

리라가 슬퍼하자 야자도 눈물을 흘렸어요.

하지만 "사내의 죽음은 슬프지만, 그의 죽음으로 다른 생명이 살지. 저길 봐!" 야자가 가리키는 곳엔 수많은 작은 생명(미생물)이 검은 남자의 피를 먹었어요.

리라는 깊은 고민에 빠졌어요.

'어떡하면 이 별의 생명들이 다른 생명을 먹지 않아도 살 수 있을까?'

그러던 중 또 다른 검은 남자가 뼈밖엔 안 남은 검은 남자를 발견하자 오열했어요. 바로 아들이었죠.

그 모습이 너무 안타까운 리라는 바로 다이아몬드별로 갔어요.

14

"무슨 일이냐?"

아빠는 온몸이 울음으로 젖은 리라에게 물었어요.

리라는 울먹이는 소리로 초록별에서 일어난 일을 얘기하고 선 "아빠 무엇이든 할 수 있잖아요." 검은 남자를 살려달라고 애원했어요.

그러나 아빠 깊은 한숨을 쉰 후 말했죠.

"그건 나라도 어쩔 수 없단다. 태초의 하늘님이 죄를 지으면 그에 합당한 벌을 받도록 천지를 창조하여서 그 남자만 살려줄 수 없어."

"그 검은 남자는 그저 먹고 살려고 꽃을 캔 것뿐이에요. 무슨 죄를 지었단 거죠?"

리라는 아빠에게 악을 썼어요.

아빠는 대답했죠.

"그건 그 남자가 아주 먼 옛날, 사람이었을 때 현재의 사자를 죽여서야. 지옥에서 세상으로 나올 때 기억이 지워져 잊어버린 거지. 그렇지만 무의식에 남겨진 사자의 복수심이 그 남자를 죽였단다. 이는 모든 생명 가진 존재가 해당 돼. 나도 너도. 하지만 기억이 지워지는 바람에 복수와 죄를 되풀이하여 짓지. 자신의 전생 죄를 기억하면 평생 고통받거든. 태초의 하늘님은 생명을 사랑해서 고통받지 말라며 기억을 지운 건데 생명은 현재의 고통만 괴롭다고 한단다. 언제쯤 깨달을까? 깨닫는다면 다이아몬드별로 올 것인데. 휴!"

아빠는 답답한 한숨을 내뱉었어요.

리라가 다시 물었어요.

"난 전생 기억을 못하는데요?"

아빠가 대답했어요.

"어른이 되면 기억이 난단다. 깨닫기 위해 했던 수행과 고행을!"

아빠의 대답에 리라는 또다시 물었죠.

"태초의 하늘님은 사랑이라던데 어째서 그리 만들었나요?"

아빠가 대답했어요.

"태초의 하늘님은 죄를 만들지 않았단다. 시간이 흐르다 보니 생명 스스로 창조한 거야. 태초의 하늘님도 예상 못한 거야."

(그 소리를 들은 샛별은 자신이 만났던 수정이, 아저씨, 민호, 민지도 전생의 죗값을 받는 거라는 걸 알았죠.)

리라는 축 늘어진 채 문을 열고서 밖으로 나갔어요.

"왜 그리 우울하니?"

꽃들은 평소와 다른 리라에게 묻자 리라는 대답했어요.

얘기를 들은 꽃들은 침울해졌어요.

"어쩔 수 없는 일이지. 죄를 지은 벌인 걸."

노란 꽃이 말했어요.

"그래도 너무하잖아! 죄에 대한 기억이 없는데 고통을 받아야 한다니. 얼마나 억울하겠어!"

리라는 목소리를 높였어요.

"그건 하늘님이 생명을 사랑해서야."

빨간 꽃이 나지막이 대답했어요.

"그래도 너무 억울할 것 같아. 그 남자는 가족을 위해 성실히 일한 착한 생명이던데. 가족이 슬퍼할 거야."

리라가 펑펑 울자 꽃들도 안타까워했죠.

그 모습을 가만히 지켜보던 하얀 꽃이 말했어요.

(그 꽃은 우주에서 가장 나이 많은 꽃이에요. 태초의 하늘님이 처음으로 창조한 생명으로 모든 것을 알고 있어요. 그래서 모든 다이아몬드별 생명은 하얀 꽃을 존경해요. 현재의 하늘님도요.)

"한 가지 방법이 있는데."

하지만, 그 말이 실수였다는 걸 알았죠.

하얀 꽃의 말을 들은 리라는

"정말이세요? 알려주세요!"

눈을 반짝였어요.

하얀 꽃은 이 상황을 벗어나고 싶었어요.

그래서 "허나, 너무 위험하고 어려워, 네가 사라지지." 겁을 주었어요.

리라가 하지 말기를 바랐던 거지요.

하지만 "그래도 괜찮아요. 알려주세요." 리라는 간절하게 부탁했어요.

하얀 꽃은 '어쩔 수 없구나. 이것도 자기 운명인 것을.' 깊은 한숨을 쉰 후 알려주었죠.

"그건 하늘님의 성에 있는 어떤 소원이든 들어주는 보석을 훔쳐서 소원을 말하는 거야."

하얀 꽃의 말에 꽃들도 리라도 깜짝 놀랐어요.

"그래도 할래?"

하얀 꽃의 물음에 리라는 망설였어요.

하늘님은 늦은 밤 수정 구슬을 통해 이 별에서 벌어진 모든 것을 봐요. 그러면 발각될 것이고 리라는 말할 수 없는 고통을 받을 거예요.

"하지 마!"

하얀 꽃의 말을 들은 꽃들은 하나같이 말렸어요. 어리고 여린 리라가 받게 될 고통을 생각하면 너무 슬펐기 때문이었죠. 하얀 꽃도 하지 말기를 바랐어요.

리라는 깊은 고민을 했어요. 꽃들은 고민하는 리라를 초조하게 보았죠. 어느덧 어둠이 내렸어요. 그러자 리라는 결심했어요.

"하겠어요!"

하얀 꽃과 수많은 꽃은 깜짝 놀랐어요.

잠시 후 하얀 꽃이 침통한 한숨을 내쉬고서 물었어요.

"왜 그런 결심을 했니?"

"아무리 생명을 사랑해서지만, 자신이 왜 고통을 받아야 하는지 모르는 생명이 가여워서예요."

리라의 대답에 하얀 꽃은 침울한 듯 입술을 꽉 깨물었어요. 그리고서 혼잣말로 중얼거렸죠.

"이것도 리라의 운명과 업이겠지."

그리고서 보물이 있는 장소를 알려주었죠.

하얀 꽃은 멀어져 가는 리라의 등을 보며

"넌 엄청난 고통을 받을 거야. 하지만, 네가 선택한 것이니 어쩌겠니. 쯧쯧!"

뚝뚝 눈물을 흘렸어요.

그런 하얀 꽃에게 노랑 꽃이 물었어요.

"슬퍼하면서도 어찌하여 알려주었나요?"

"리라의 마음이 우리보다 예뻐서."

하얀 꽃은 한동안 하늘을 바라보았어요.

깊은 밤이 되었는데도 집으로 오지 않는 리라가 걱정된 부모가 꽃들에게 찾아오자 하얀 꽃은 모두 얘기했고 얘길 들은 리라의 부모님은 하염없이 울었어요.

15

　다이아몬드별 밤하늘은 별의 생명들이 평화롭고 행복하게 잠자라고 은은한 자장가 소리를 들려줘요. 리라도 자장가를 들으며 남자와 그 가족이 행복하게 사는 꿈을 꾸었죠.(목적지는 출발할 때, 리라가 날개에게 알려주어서 스스로 가요.)

　리라는 꿈에서 행복해하는 남자와 가족들을 보았어요. 그들은 아늑하고 따뜻한 집에서 김이 모락모락 나는 저녁 식사했죠. 리라는 자신의 소원이 이루어진 걸 보자 기뻤어요. 그러나 리라 자신의 날개가 떨어지고 몰골은 흉측하게 변한 처량한 신세였죠. 그 누구도 자신에게 가까이 오지 않았어요. 그래도 리라는 기뻤어요.

　그런데 갑자기 '뚝뚝' 눈물 흘리는 부모가 자신에게 나타나자 미안해졌죠. 그래서 울먹이며 용서를 빌었어요.

그러다 잠이 깼어요.

"도착했나?"

리라는 아래를 보았어요. 아주 넓은 푸른 초원에 낡고 초라한 초가집 한 채만 보여 어리둥절하며 날개에게 물었어요.

"잘못 온 거 아냐?"

리라의 물음에 날개가 세차게 몸을 흔들자 "그럼! 하얀 꽃이?" 리라는 잠시 하얀 꽃을 의심했지만, 모두가 존경하는 하얀 꽃이 그럴 리 없다며 아래로 내려갔어요. 그런데 지상에 가까울수록 초가집이 금빛으로 빛나는 큰 성으로 변하기 시작했죠.

그래서 리라는 "우와! 하늘님이 사시는 성은 다르군!" 절로 입이 벌어졌어요.

감탄하는 리라에게 "무슨 일이냐?" 망루의 한 병사가 묻자 리라는 하얀 꽃이 준 봉투를 주었어요.

봉투를 받은 병사는 겉면에 새겨진 빨간 ♡보고 "이건 하얀 꽃님의 편지군!" 말하며 안에 든 편지를 꺼내 읽었어요.

"이 아이가 원하는 걸 주거라. 그리고 자상하게 대하라."

편지를 읽은 병사가 말했어요.

"나를 따라와!"

성 안은 굉장히 넓고 길었어요. 바닥은 대리석이었고 벽면은 금빛으로 빛났으며 새겨진 알록달록한 꽃들이 리라를 반겼죠. 리라는 꽃들에게 인사했어요. 그리고 아주 길게 여섯 명의 역대 하늘님의 초상화와 그분의 업적이 그려진 그림이 끊임없이 펼쳐졌어요. 리라는 그 장엄함과 웅장함에 입이 벌어졌어요.

리라는 궁금증이 생겼어요.

"높은 하늘에서 볼 땐 초라한 초가집이었는데. 가까이 오니 크고 화려하고 웅장한 성으로 변했는데 왜죠?"

병사가 대답했어요.

"그건 하늘님의 성에 들어올 자격을 시험하려 함이야."

"시험이요?"

리라는 또 한 번 물었죠.

"이곳은 거짓 없이 순수하고 착한 이만 들어올 수 있어. 만약 너의 마음에 의심과 거짓이 단 하나라도 있었다면 지나쳤겠지. 여기 있다는 건 네가 순수한 아이라는 거야."

병사의 칭찬에 리라는 쑥스러웠어요.

그렇지만 리라는 '다이아몬드별 사람은 모두 하늘님의 성에 올 수 있지 않나?' 묻고 싶었지만, 지나치기로 했죠. 어느 곳이든 변해버린 사람이 있거든요.

병사는 빛나는 열쇠로 허름한 나무문을 열었어요. 리라는 문의 초라함에 의심했지만, 이것도 반전이 있으리라는 기대를 했어요.

병사가 말했죠.

"이곳에서 필요한 걸 가지고 가라."

리라는 창고 안을 보았어요. 역시 리라가 예상했던 대로 반전이 있었죠. 창고의 크기는 천지보다 더 넓고 컸어요. 그리고 세상의 모든 게 있었죠. 리라는 감탄했어요. 그러나 너무 넓고 커서 "이곳에서 어떻게 찾아요?" 리라는 물었어요.

병사는 대답했죠.

"네가 눈을 감고 갖고 싶은 것을 달라고 하면 눈앞에 나타나!"

병사의 말에 리라는 '생명을 살리는 무엇!'을 달라고 했죠.

그리고 잠시 후

"눈을 떠봐! 나타났어."

병사의 말에 리라는 눈을 떴어요. 빛을 내는 물이 담긴 투명한 호리병을 본 리라는 "와!" 눈이 커졌죠.

"생명을 살리는 물약이군!"

병사가 말했어요.

"어떻게 사용하나요?"

리라의 물음에 "생명이 죽은 곳에 물약을 떨어뜨리면 된다."

병사의 대답을 들은 리라는 쌩~ 남자가 죽은 장소로 갔어요.

16

"또, 웬일이냐?"

야자가 물었어요.

"아저씨를 살리려고!"

리라의 확신에 찬 대답을 들은 야자는 "그건 불가능해!" 고개를 절레절레 저었죠.

그러나 리라는 물약을 땅에 부었어요. 그러자 우주가 한곳으로 모이더니 아주 작은 점이 되었죠. 그 점은 굉장히 빛났으며 뜨거웠지만, 주변은 무엇도 없는 차가운 어둠이었어요.

"야자님!"

사라진 야자와 세상을 보자 리라는 '자신이 파괴한 게 아닐까.' 겁이 났어요. 그러나 잠시 후 아주 작은 점은 점점 커지

더니 원래대로 돌아왔어요.

햇살도 여전히 강렬했고 꽃과 나무도 아름답고 울창했죠. 동물도 새도 푸른 하늘도 그대로여서 리라는 의심의 눈으로 주변을 보았어요.

"다 된 건가?"

"뭐가 다 된 거야?"

야자의 소리를 듣자 리라는 말할 수 없이 기뻤어요. 하지만 기억을 못하는 것 같았죠.

"좋은 일이라도 있니?"

야자가 의아해하자 리라는 고개를 저었어요. 그리고서 물었죠.

"꽃을 캐는 아저씨는 어떻게 됐어요?"

리라의 물음에 깜짝 놀란 야자는 "네가 그 아저씨를 어찌 아니?" 되물었어요.

그제야 리라는 알았죠.

'아! 나와 만난 시간만 기억하고 이후 벌어진 일은 기억을 못하는 구나.' 난감해하며 빠져나갈 방법을 고민하는데 갑자기 '저벅저벅' 발소리가 났어요.

발소리를 들은 야자는 "내 잎 속으로 숨어!" 다급하게 소리쳤죠. 그래서 리라는 '혹시!' 하고 들떴어요.

리라는 야자의 울창한 잎에 숨어 아래를 보았어요.

꽃을 캐는 남자는 야자 그늘에서 쉰 후 다시 꽃 캐는 모습에 리라는 기쁨의 눈물을 흘렸어요.

그렇게 한참을 사자가 나타날까 봐 마음 졸였지만 아무 일도 없자 리라는 '후!' 안도했어요.

어느덧 어둠이 숲을 덮었어요. 야자도 졸린 듯 눈을 끔뻑거렸죠. 그러자 리라도 움츠렸던 마음 늘리고서 집으로 돌아갔어요.

"안녕!"

다른 날과 달리 유난히 밝고 활기찬 리라의 인사에 꽃들은 의아했어요.

"무슨 일이 있었니?"

꽃들도 기억하지 못하는 것 같았어요. 그런 편이 리라도 좋았죠.

그러나 하얀 꽃은 달랐어요. 수심이 가득했죠.

"리라야!"

하얀 꽃이 부르자 리라는 하얀 꽃에게 갔어요.

"지금부터 네게 일어날 시련, 극복할 마음을 가져야 해!"

부드럽지만 위엄 있는 하얀 꽃의 조언에 리라는 "각오하고 있어요!" 입술을 꽉 깨물고서 집으로 갔어요. 그러나 가는 동안 한 가지 궁금증이 따라왔죠.

'하얀 꽃은 어찌 기억을 잃지 않았을까?'

리라의 집은 버섯 모양으로 파란색 지붕에 핑크빛 굴뚝이고 외벽은 흰색이며 창문 두 개의 나무문이었어요. 다이아몬드별 사람의 집은 비슷했죠.

하늘에서 집이 보이자 리라는 내려갔어요. 그리고 문을 열자 맛있는 음식 향과 엄마, 아빠가 밝게 맞이했어요. 부모도 기억을 잃은 것 같았죠.

엄마가 리라에게 "네게 온 편지가 있다." 말하자 리라는 직감했어요. 그러나 엄마, 아빠에게는 애써 밝은 척 굴며 욕실로 갔어요.

하지만, 씻으려고 튼 물소리를 듣자 리라는 만감이 교차했어요.

'지금이라도 용서를 빌고 없던 일로 해달라고 할까.'

시간이 흐르자 겁이 났거든요. 그러나 고개를 저었죠.

'마음이 약해진 것 같군.'

그러며 두 손으로 뺨을 탁탁 두드렸어요.

라라는 자신의 방에서 편지를 읽었어요.

리라는 천상의 법을 어겼기에 하늘님의 성으로 오길 바람.
만약 오지 않고 도망갈 시 존재 자체를 소멸함.

　내용을 읽자 두려움으로 바들바들 떨렸어요. 그래서 뜬눈
으로 밤을 보냈죠.

다음날 하늘님의 성

"리라가 왔습니다."

리라의 겁먹은 소리에 문에 장식된 커다란 용이 스스로 문을 열어주었어요.

"가까이 오너라!"

위엄 있는 하늘님의 목소리를 들은 리라는 잔뜩 움츠려져 감히 고개를 들지 못했죠. 그러나 한 발 한 발 다가갔어요. 가는 내내 불 위를 걷는 듯 따끔거렸어요. 그런 고난의 길을 가는데 "멈추어라!" 하늘님의 명령에 리라는 멈췄어요.

하늘님이 돌처럼 굳은 리라에게 물었어요.

"각오는 돼 있겠지?"

금으로 장식된 매우 크고 웅장한 의자에 앉아서 근엄하게 말하는 하늘님의 말씀을 들은 리라는 온몸이 떨렸어요. 잔뜩 화가 난 하늘님의 표정을 본 대신과 근위병도 조마조마했죠.

그 무거운 상황을 뚫고 리라가 어렵게 말문을 열었어요.

"저의 부모님의 기억은 지워주세요."

젖고 떨리는 마지막 리라의 부탁에 하늘님은 고개를 끄덕였어요.

(그러나 리라의 부모님은 한시도 리라를 잊지 않았죠. 언젠가 찾아올

아들과의 행복을 기다렸던 거예요.)

　그리하여 지상으로 내려온 거예요.

　애기를 모두 들은 샛별과 별들은 울먹였어요.

　"이렇듯 네가 하려는 일은 엄청난 고통이 있으니 신중하게 생각해."

　리라는 샛별이 하려는 일이 뭔지 알고 있었어요. 별들도 타인의 행복을 간절히 바라는 이를 이곳까지 안내함이 하늘님에게 받은 임무라서 여기까지 샛별을 안내했지만, 진심은 샛별이가 하지 말기를 바랐어요.(별들은 희생 소원을 비는 존재를 만날 때마다 하지 않기를 바라지만 단 한 명도 별의 바람을 이루어 주지 않았어요.)

17

샛별은 그날 잠이 오지 않았어요. 그렇지만 수정과, 민지, 민호가 너무 가여웠고 그리고 자신에게 친절을 베풀어준 화가 아저씨에게도 보답하고 싶었죠.

다음 밤도 그다음 밤도 민호는 부부의 말다툼을 들었어요. 그러나 아침이 되면 언제 그랬냐는 듯 부부는 민호에게 친절을 베풀었어요. 민호가 상처받지 않게 하려는 배려였지만, 정작 민호는 아버지에게 돌려보낼 수 있다는 공포로부터 괴로워 나날이 야위어 갔어요. 그렇지만 부부에게는 밝게 행동했어요. 그러자 샛별 자신이 괴로운 게 낫겠다는 생각이 들었어요. 그런 샛별에게 '아!' 깨달음이 들어왔어요.(리라님이 인형을 도운 이유를.)

그날 밤이었어요. 샛별은 리라님을 간절히 불렀죠. 샛별의 굳은 입술을 본 리라는 "결심이 선 것이구나." 한숨을 크게 쉬고서 리라 자신의 날개를 주었어요.

"그럼 날 수 없을 텐데요!" 샛별은 미안해하자 리라는 "이젠 필요 없는 걸!" 미소를 보였어요.

리라의 따뜻한 마음을 받은 샛별의 눈에 눈물이 흘렀어요.

리라는 샛별에게 주의할 점을 알려주고서 날개에게 "무사히 데려다주렴!" 부탁했어요. 날개는 그러겠다며 몸을 흔들었죠.

날개는 하늘로 높이 올라갔어요. 새도 건물도 나무도 구름도 산도 지구에 있는 모든 게 보였죠. 마치 신이 된 것 같았어요. 그렇지만 멈추지 않았어요. 날개는 지구가 작은 점으로 변해갈 때까지 올라갔고 마침내 지구가 보이지 않을 만큼 멀어졌어요. 샛별은 두려웠죠. 그러고도 한참을 올라갔어요. 수많은 지구와 같은 행성이 보이자 샛별은 '내가 사는 지구만 있는 게 아니구나!' 중얼거렸죠. 그리 계속 올라가자 방황이 구분 되지 않았어요. 마침내 날개가 멈추었어요.

"끝인가?"

하지만 말이 무색하게도 날개는 방향을 바꿔 어디론가 달렸어요.

"이젠 어디로 가는 거야?"

그리 한참을 달린 날개는 환한 빛을 뿜어대는 한 낡은 나무 문에 멈췄어요.

"이건 뭐지?"

넓고 어두운 공간에 문이 있자 샛별은 신기했죠.

날개가 샛별에게 말했어요.

"문을 열어."

날개의 말에 샛별은 손잡이를 돌리자 순식간에 문 안으로 빨려 들어갔죠.

슝~

동굴처럼 생긴 어두컴컴한 곳을 미끄럼틀 타듯 구불구불하게 내려갔어요. 처음엔 무서웠지만 조금 지나자 즐거웠죠. 그래서 "야호!" 환호성을 질렀어요. 태어나서 처음 맛보는 황홀함이었죠. 그러나 점점 느려졌고 멈추자 아쉬웠어요.

"이제부터 앞으로 걸어가!"

날개의 말에 샛별은 "난 움직일 수 없어요." 말하자 날개는

"움직일 수 있어!" 말했어요.

샛별은 반신반의하며 왼쪽 다리를 한 발짝 옮기자 신기하게도 움직여졌죠.

"이럴 수가!"

놀라워하며 걸어가자 입구의 문처럼 밝은 빛을 내는 나무 문이 나타났어요.

"문을……."

날개의 말이 채 끝내기도 전에 샛별이 문을 열자 날개는 무시당했다는 느낌에 약간 삐졌어요.

문을 열자 밝고 강렬한 햇살이 맞아주었어요. 다이아몬드 별은 리라님의 말대로 매우 아름다운 곳이었죠. 하늘과 땅에는 처음 본 생명들로 가득했어요. 그들은 모두 아름답고 빛이 났죠. 이 별 생명들은 하나같이 평화로운 미소를 지었고 불행이라고는 없었어요. 이곳에 살면 있던 병도 싹 나을 것 같았죠.

"샛별아! 하얀 꽃에게 갈 게!"

그 말을 하고서 날개는 쑹~ 하늘로 올라갔어요.

샛별이가 꽃들의 정원에 내려오자

"처음 본 생명이네!"

"다른 별에서 왔나?"

꽃들은 웅성거렸으나 하얀 꽃은 조용히 바라보았어요.

하얀 꽃이 물었어요.

"리라의 부탁으로 왔나?"

샛별은 고개를 끄덕였어요.

하얀 꽃은 마법으로 종이에 '이 아이가 원하는 것을 주어라. 그리고 친절하게 안내하라' 적고서 샛별에게 주었어요. 그리고서 침울한 눈으로 샛별을 바라보자 젊은 꽃들은 하얀 꽃을 의아하게 보았어요.

"감사합니다."

샛별은 하얀 꽃에게 인사하고서 하늘님의 성으로 갔어요.

하늘님의 성

"무슨 일이나?"

묻는 병사에게 샛별은 편지를 주었어요.

편지를 읽은 병사는 "나를 따라와!" 말했죠.

성 내부는 리라님의 말대로 장엄하고 화려했어요.

샛별은 호리병 세 개를 가지고 나무문으로 갔어요. 그러나 리라님과 별들의 걱정과 달리 너무 쉽게 풀리자 샛별은 "이거 별거 아닌데, 어찌하여 리라님과 별님들은 나를 말렸을까?"

하늘에서 생각했죠. 하지만 원활히 풀린 일이 최후의 만찬이라는 걸 몰랐어요.

꽃들이 샛별을 보았어요.

"집으로 가는구나!"

꽃들은 미소로 보았지만, 하얀 꽃은 무겁고 슬픈 표정이었죠.

샛별은 나무문에 도착하여 문을 열었어요. 올 때와는 반대로 쑥 빨려 올라갔죠. 머리칼과 옷이 반대로 내려가자 기분이 불쾌했죠.

"리라님!"

집으로 온 샛별은 리라님을 불렀어요.

"여기요!"

샛별은 가져온 호리병 세 개를 보였어요.

리라가 샛별에게 말했어요.

"한 번 더 생각해 보렴!"

그러나 고개를 젓는 샛별을 보며 리라는 "하긴 나도 마찬가지였는 걸." 샛별의 결심을 존중한다는 듯이 나지막하게 말하고서 어찌해야 할지 알려주었어요.

　샛별은 곧바로 생명수를 수정이와 아저씨와 민호의 머리 위에 뿌렸어요. 그랬더니 우주가 아주 작은 점으로 변하더니 곧 원래대로 되었어요.

　"다 된 건가?"

　말한 후 깊은 잠에 빠졌어요. 잠을 자지 않는 인형에겐 신기하고 놀라운 일이었죠.

18

다음날이었어요.

여느 날과 같은 풍경에 리라는 실망했어요. 낡은 침대와 책상, 아무렇게나 놓여있는 공책과 연필이 샛별의 마음 같았죠. 민호도 크게 바뀌지 않았어요. 삐쩍 마른 몸과 동글동글한 얼굴과 삐쭉한 머리칼을 보자 샛별은 실망해 입을 다물었어요.

새근새근 자는 민호를 햇살이 요란스레 깨우자 천근만근 무거운 몸을 겨우 일으켜 "아함!" 늘어지게 하품하고서 욕실로 갔어요. 그런 민호의 행동을 샛별은 귀를 쫑긋 세우며 들었어요. 무슨 좋지 않은 일이 벌어지면 어쩌나 하고요.

"잘 잤어? 아침 식사해라!"

남자는 미소로 민호에게 말했어요.

그런데 민호의 입에서 놀라운 소리가 났어요.

"민지야, 잘 잤어?"

민호의 목소리가 행복했죠.

샛별은 어찌 된 일인지 알고 싶어 날개에게 가보자고 했어요.

날개는 문을 통과해 민호에게 갔지만, 민호는 샛별을 보지 못했어요. 샛별을 보지 못하는 것 같았죠. 그래서 "아, 잊었구나!" 씁쓸한 얼굴로 민호를 조용히 보았어요. 그러나 곧 행복해하는 민호를 보자 방긋 웃었죠.

그런데 리라님이 보이지 않자

"리라님은 어떻게 됐죠?"

샛별은 날개에게 물었어요.

"리라님은 원래 모습으로 돌아갔어. 네가 리라님의 죗값을 받아서야. 그리고 너도 잊었어. 리라님이 기억하면 죄책감으로 괴로워할 것이기 때문이지."

날개의 대답을 들은 샛별은 굵은 눈물을 흘리며 "그래, 잊는 편이 좋아!" 하고 말했어요.

하지만 슬퍼할 시간도 주지 않고 날개는 어디론가 갔어요.

"어디로 가는 거죠?"

샛별의 물음에 날개는 대답했어요.

"아저씨에게로."

하늘은 구름 한 점 없이 맑았어요. 마치 에메랄드 보석을 깔아놓은 듯 아름다웠죠. 날아가는 새도 평화로웠어요.

날개는 한 나라의 해변에 멈추었어요. 그곳은 매우 아름답고 넓었죠. 집은 몇 채 보이지 않았지만 하나같이 고급스러웠어요. 부자들만 있는 곳이었죠.

날개가 한 지붕 위에 멈추었어요. 그런데 유럽풍 파자마를 입고 화려한 슬리퍼를 신은 말끔한 남자와 같은 차림의 여성과 함께 그림 그리려고 배치를 하는 것이었어요. 여성의 배는 산더미만 했죠. 그리고 개도 보였어요. 샛별은 남자를 보았어요. 털보 아저씨였죠. 샛별은 그만 깜짝 놀라 행복한 얼굴로 말했죠.

"아주 다른 사람이 되었네! 잘됐다!"

"유명한 화가가 됐어."

날개는 작게 말했어요.

샛별은 한동안 그림 그리는 아저씨를 미소로 보았어요.

"수정에게 가요."

샛별은 날개에 부탁했어요. 사실 수정이가 가장 궁금했죠.

역시 가는 내내 하늘은 푸르고 눈부시게 맑았어요. 샛별은 짐작했죠. 날씨만큼 행복할 거라는.

이윽고 날개는 주택들로만 이루어진 곳에 멈추더니 한 주택으로 내려갔어요. 부유하진 않지만, 예전처럼 찢어지게 가난하진 않았죠.

"어떻게 변했을까?"

잔뜩 기대하는 샛별의 귀에 "끽!" 문 여는 소리가 나더니 눈 맑은 소녀가 엄마와 함께 학교로 가려고 밖을 나왔어요. 샛별은 소녀를 보았죠. 머리를 양 갈래로 땋고 꽃무늬 원피스 입은 모습이 '이렇게 예뻤나!' 싶은 정도로 반짝였어요. 그리고 가장 기뻤던 건 다리가 곧아졌다는 거예요.

"정말 잘됐다!"

샛별은 환하게 웃으며 모녀를 따라갔어요. 여전히 버스를 탔지만, 다행히 측은히 보는 사람은 없었죠. 그래서 샛별은 "다행이다!" 안도의 한숨을 쉬었어요.

모녀는 한 초등학교 정문에 멈추었어요.

그 모습을 본 샛별은 "학교에 다니는구나." 말했어요.

엄마는 무릎을 굽히고서 딸의 눈을 보며 말했어요.

"오늘도 공부 잘해!"

엄마의 미소에 수정은 "응!" 고개를 끄덕였어요.

한 가지 아쉬운 건 아빠가 없다는 것이었어요. 하지만 예전보다 밝은 수정의 모습에 샛별은 만족했어요.

수정의 학교생활을 보고 싶은 샛별은 교실까지 따라갔어요.

수정은 반에 들어서자마자 "안녕!" 친구들의 인사에 같이 웃으며 인사했어요.

행복한 수정의 모습을 본 샛별은 "행복해서 기뻐! 안녕!" 마지막 인사를 하고서 하늘님에게로 갔어요.

19

하늘님은 슬픔과 분노와 가여움이 섞여서 나타났어요. 그런 하늘님을 보자 하늘님은 모든 생명을 사랑한다는 걸 알았죠. 그러나 우주의 질서를 지키려 어쩔 수 없이 벌을 주었던 거예요.

아무리 사랑이라고 해도 소원 모두가 이루어진다면 질서가 무너져 결국 파괴되겠죠. 그 마음을 안 샛별은 미안함에 굵은 눈물을 흘렸어요.

"각오는 됐겠지?"

엄하지만 안타까운 목소리의 하늘님의 질문에 샛별은 "네." 짧게 대답했어요.

샛별의 대답을 들은 하늘님이 말했어요.

"너의 윤기 흐르는 머리칼은 하얗고 거칠어질 것이고, 앵두 같은 입술은 마른 토양처럼 쩍쩍 갈라지며 솜털 같은 앳된 피부는 가시처럼 날카로워지리라."

여기까지 하고 하늘님이 멈추자 샛별은 '그래도 눈은 무사하여서 다행이다.' 안심했는데 하늘님이 샛별의 반짝이는 눈을 침울한 얼굴로 보며 말을 이었어요.

"그리고 눈도 안개가 낀 듯 흐려지게 되어 누구나 싫어하게 되리라. 그리하여 불태워져 사라지리라."

판결을 들은 샛별의 다리는 힘이 빠져 주저앉았어요. 그러자 병사가 샛별을 일으켜 세웠어요.

날개도 축 늘어진 채 지구로 향했죠. 돌아가는 샛별의 등을 바라보며 하늘님은 속으로 말했어요.

'언젠가 너의 마음과 같은 이가 나타나 너와 같은 행동을 하면 죄는 사라지리라. 그가 너의 죗값을 받아서지. 그러면 리라와 같은 말을 하겠지.'

"안 돼!"

그리 말한 후 가족과 행복해하는 리라를 수정 구슬을 통해 보았어요.

지구로 온 날개가 말했어요.

"이젠 난 사라질 거야."

그리고서 빛 알갱이로 변하여 사방으로 흩어졌어요.

샛별은 흩어지는 날개에게 "그동안 고마웠어요." 마지막 인사를 했어요.

아주 추하게 변한 샛별은 길거리를 나뒹굴며 시간을 보냈어요.

샛별을 발견한 사람들 반응은 하나같이 같았죠.

"끔찍해!"

찌푸리며 샛별을 내동댕이쳤어요.

그럴 때마다 행복해하는 수정과 아저씨와 민지, 민호를 떠올리며 슬픔을 삼켰어요.

그러나 별들은 나타나지 않았죠. 그래서 샛별은 별들이 자신을 잊은 걸로 알았죠. 하지만 별들은 잊지 않고 늘 함께했어요.

하늘님이 "샛별에게 보이지 마라." 명령해서죠.

가장 밝은 별은 하루가 아무 일 없이 지나가면 "또 무사히 지났네!" 그러며 샛별이가 진심으로 행복해지길 바랐어요.

그나마 다행인 건 그 오랜 시간 동안 쓰레기통에 들어가지 않았던 거죠. 쓰레기통에 들어가면 소각될 것이기 때문이에요. 샛별에게 하루란 그 어느 보석보다도 값어치 있었거든요.

그러던 어느 날이었어요. 그날은 긴 장마가 끝난 날이어서 해가 젖은 세상을 말렸죠.

해가 세상을 말리자 하늘은 푸르러졌고 사람들은 하나같이 웃었어요. 행복해하는 사람을 본 샛별은 수정과 아저씨와 민지, 민호가 보고 싶어 하늘에다 "내 소원 들어 주세요!" 빌었죠.

그런 샛별을 한 노인이 발견하고서 찬찬히 살펴보았어요. 한참을 뚫어져라 본 노인의 입에서 "이런 어쩌다가." 따뜻한 말이 나왔죠,

지구로 온 후 처음으로 받은 관심에 샛별의 눈시울이 뜨거워졌어요.

노인은 샛별을 공원 벤치로 데리고 가더니 옆에 살포시 놓았어요. 그런 후 말했어요.

"나는 인형가게를 했단다. 지금은 아들이 하지."

그러며 한숨을 쉰 후 이어 말했죠.

"네가 어쩐지 낯설지 않아. 왜인지는 모르지만. 너를 보자마자 한 인형이 떠올랐어. 난 인형가게를 했지만, 잘되지 않

왔어. 그 당시 인형은 사치였거든. 그래서 비싼 돈을 들여 외국 공주 인형을 들였지."

노인은 눈을 반짝이며 얘기했어요. 그런데 듣다 보니 자신의 얘기여서 샛별은 "저예요!" 큰소리쳤지만, 소용없었어요.

"아저씨."

샛별은 가슴이 아팠어요.

처음으로 자신의 선택을 후회했어요. '본래의 모습이면 당장에 알아볼 텐데.' 하고요.

할아버진 흉물스러운 샛별을 보며 "너는 아내를 닮았구나!" 소리에 샛별은 "아무리 그래도 나와 아내가 닮았다니." 피식 웃었어요.

하지만 할아버지는 겉모습이 아닌 마음을 보는 눈이 있다는 걸 알았죠.

그걸 깨닫자 샛별 자신이 어찌하여 기억을 잃지 않았는지 알았어요. 그건 수정과 아저씨와 민호, 민지를 간절히 사랑했던 거예요.

그리고 하늘님과 하얀 꽃도 모든 이를 사랑해서 기억을 잃지 않았다는 것도요.

그 모습을 수정 구슬로 지켜보던 하늘님이 별들에게 말했어요.

"이제 보여도 된다."

하늘님의 말씀을 들은 별들은 너무 기뻐 "안녕! 그동안 외롭게 해 미안해!" 밝게 샛별에게 말했어요. 별들을 본 샛별은 혼자가 아니었다는 걸 알았죠.

샛별은 물었어요.

"그동안 어디에 있었나요?"

가장 밝은 별이 대답했어요,

"여태껏 너와 같이 있었단다. 하지만 하늘님이 '모습을 보이지 마라.' 해서 나타나지 않았단다. 이유는 스스로 깨닫길 바라는 하늘님의 뜻일 것이고 우리가 보인 것 샛별이가 깨달아서야!" 별들의 말을 들은 샛별은 활짝 웃었어요.

할아버지는 푸르고 맑은 하늘을 가만히 바라보았어요. 그러다 결심이라도 한 듯 무릎을 '탁!' 쳤죠.

"너를 가게에 진열하자!"

이런 연유로 가게로 왔지만, 할아버지가 돌아가시자 아들은 샛별을 소각했어요. 그러나 후회와 미련은 없어요. 원망도 없었죠.

소각되는 샛별은 마지막에 "할아버지. 별님 고마워요." 자 그마하게 말하고서 맑은 이슬로 사라졌어요.

20

"샛별아! 샛별아!"

누군가 자신을 불렀어요.

"사라진 거 아니었나?"

깜짝 놀라며 눈을 떴죠.

그런데 별들이 환한 미소로 샛별 자신을 내려다보는 게 아니겠어요.

"어떻게 된 거죠?"

샛별은 묻자 가장 밝은 별이 대답했어요.

"너도 별이 된 거야!"

그 말에 샛별은 자기 몸을 보았어요. 이름대로 정말 샛별이 되었죠.

어찌 별이 되었는지 알고 싶은 샛별이 "자세히 설명해 주세요." 묻자 가장 밝은 별이 대답했어요.

"네가 불타는 시간 우리들은 하늘님에게 애원했단다. '저착한 아이가 너무 가여워요. 자신의 욕심이 아닌 다른 이를 위해서 희생한 것인데 용서해주세요.' 눈물로 빌었어. 하늘님도 안타까웠던지 지그시 눈을 감고 미동도 하지 않았지. 신하들도 같은 마음으로 한숨만 쉴 뿐이었어. 그런데 하늘님을 호위하던 병사가 말했어.

"제가 한 말씀 올려도 될까요?"

병사의 당돌한 행동에 하늘님은 끌끌 웃으며 "말해 보거라." 말하자 병사가 말했지. '다른 존재로 환생케 한다면 하늘나라의 법에 위배되지 않습니다.'

그 말에 하늘님은 무릎을 쳤지.

'그렇지 다른 존재가 된다면 위배되는 게 아니지.' 그러며 병사를 크게 칭찬하셨어."

샛별은 이유를 알자 별들에게 감사의 뜻으로 고개를 숙였어요.

가장 밝은 별이 말했어요.

"너도 이제 우리와 같이 슬퍼하는 이에게 희망을 주자꾸나.

그러면 너도 언젠가 너와 같은 소원을 원하는 존재를 만나게 될 거고, 그리되면 살아있는 인간이 될 거야."

샛별은 인형이었을 때 인간이 되고 싶어서 '인간'이라는 소리에 눈을 반짝였어요. 그래서 날마다 슬퍼하는 이에게 사랑을 나눠주었죠.(샛별은 수많은 살아있는 이를 만났죠. 그러자 모든 살아있는 이에게는 사랑(별)이 있다는 것을 알았어요. 하지만 욕망, 어리석음, 화냄 먼지가 자신 속의 사랑을 볼 수 없게끔 하였고 그 사랑을 보려면 사랑을 덮고 있는 먼지를 눈물로 씻어내야 한다는 것을 알았어요. 그러기 위해선 아픔이 필요했고 생명 스스로 아픔을 창조했던 거예요. 그러자 온 우주와 생명이 천국과 천사였어요.)

21

　그런 샛별에게 소망이 이루어졌죠.

　그날은 무지개가 펼쳐진 맑고 푸른 날이어서 휘파람을 불며 세상을 여행했어요. 그런데 울고 있는 인형 소녀가 보여 조심히 다가가 말을 걸었어요.

　"아이야, 무엇 때문에 울고 있니?"

　인형 소녀는 놀라서 물었어요.

　"누구세요?"

　"나는 별이란다."

　"낮에 별이 있나요?"

　"그건, 네 마음이 어두워서야. 별은 어둡고 슬픈 마음에 나타난단다."

여자 인형이 모르겠다는 얼굴을 하자 "언젠가 알게 될 거야." 샛별이 말하고선 왜 울고 있었는지 물었어요.

인형은 말했어요.

"아픈 인간 친구가 있는데 아빠는 뺑소니 사고로 돌아가시고 지금은 엄마와 둘이 살고 있어요. 그런데 형편이 어려워 치료를 못하고 있어요. 돕고 싶은데 방법을 몰라요."

샛별은 인형이 기특하고 착해서 인형의 왼쪽 어깨에 앉았어요. 그리고 희망과 용기를 주려고 하는데 "별님! 저의 소원 들어주세요!" 인형은 간절하게 말했어요.

샛별은 순간 당황해서 머뭇거렸죠. 한참 만에 입을 열었어요. "안 돼! 네가 고통을 받아."

그러나 "별님! 저는 어찌 되든 좋으니 친구가 행복해졌으면 해요!"

인형의 간절함에 샛별은 '말려도 어쩔 수 없구나.' 고갤 떨구었죠. 지난날 자신과 같았거든요.

그래서 소원을 이룰 방법을 알려주었고 소녀는 기뻐하며 샛별이 알려 준 대로 했죠. 소원을 이룬 인형은 행복해했고 샛별은 눈물을 흘렸어요.

그런 샛별의 몸에 변화가 일어났어요. 몸과 팔다리가 길어졌고 얼굴과 눈 코 입이 또렷해졌으며 머리칼도 부드럽고 윤기 있어졌어요. 아름다운 인간 여자가 되었죠.

샛별이 인간이 되었단 소식을 들은 별들은 축하해 주었지만, 샛별은 어두웠어요.

"왜 그러니?"

가장 밝은 별의 물음에 샛별은 "소녀가 가여워서요." 대답했어요. 샛별의 대답을 들은 가장 밝은 별은 "언젠가 인형도 너처럼 아름다운 여성이 될 거야." 미소 지었죠.

인간이 된 샛별은 그날부터 행복만 찾아왔어요. 멋진 남자랑 연애도 결혼도 했고 아들, 딸들도 낳았어요.

22

일곱 살 민호가 물었어요.

"인간이 되고부터 별들은 나타나지 않았나요?"

샛별은 대답했어요.

"별들은 이제 슬퍼하는 다른 이를 돕고 있을 거야! 그렇지만, 언제든 샛별이 슬퍼지면 나타날 거야."

엄마의 얘기를 옆에서 들은 여섯 살 민지가 말했어요.

"그럼, 별이 나타나지 않았으면 좋겠어요!"

딸의 말에 샛별은 민호 민지를 보며 빙그레 웃었어요. 그런 두 동생을 열 살 된 수정이가 장녀답게 흐뭇하게 보았어요.

-마지막-

"아~아~"

불지옥의 고통으로 비명을 지르는 누군가(태초의 하늘님)를 삼지창을 들고 검은 갑옷과 검은 투구를 한 A병사가 안타까운 얼굴로 보았어요. 그 누군가가 내지르는 비명은 모든 생명이 지르는 비명의 합보다도 컸죠.

누군가의 비명은 단 1초도 쉼 없이 계속되었어요. 그래서 A병사는 몸과 정신이 부서질 것 같았어요. 지옥의 병사는 어지간한 고통은 눈 한번 깜빡하지 않을 만큼 단단한 정신을 가졌지만 누군가의 비명은 지옥의 병사도 견디기 힘들었어요. 그래서 물었죠.

"당신은 어찌하여 지옥의 맨 마지막 가장 고통스럽다는 악의 근원만 온다는 곳에 있는가요? 그것도 혼자!"

A병사의 물음에 누군가가 대답했죠.

"신참인가 보군! 그건 내가 모든 것을 창조한 아버지라서 그래. 껄껄!"

그 대답에 A병사는 태초의 하늘님이라는 걸 알고서 깜짝 놀랐어요.

그러자 A병사는 어찌하여 이곳에 스스로 갇혔는지 알고 싶었어요. 태초의 하늘님은 "내가 악도 창조해서야." 기운 없이 대답했죠.

그러나 A병사는 이해할 수 없었어요. 어릴 적 태초의 하늘님은 사랑만이 가득한 하늘님이라는 얘기만 들어서죠.

그래서 하늘님을 변호했어요.

"그건 생명이 스스로 악을 창조해서지 당신이 그런 건 아니잖아요. 무슨 뜻이 있어서죠?"

하늘님이 말하였어요.

"날 변호해 준 건 고맙지만, 난 모든 존재를 너무 아름답고 완벽하게 창조했어. 하지만 그것이 실수였지. 창조물은 시간이 흐르자 자만심이 일어나 타락했어. 그래서 고통을 받았지. 그 책임은 오롯이 내게 있어. 애초부터 창조하지 않았다면 괴로워하지 않았겠지. 모든 게 나의 어리석음 때문이야. 내가 악 중의 악이야. 좀 더 신중하게 창조했어야 했는데, 어디부터 잘못됐을까?"

말한 후 고개를 가로저었어요.

A병사는 하늘님이 가여웠어요. 구해주고 싶었죠. 그래서 하늘님이 어찌하면 이곳에서 나올 수 있는지 물었어요.

하늘님이 대답했죠.

"모든 존재의 마음엔 사랑이 있다는 걸 깨달았을 때."

그 대답을 들은 A병사는 지상으로 나와 수많은 자신의 분신을 만들어서 그 분신들에게 소명을 내렸어요.

"모든 존재가 깨닫게 하라."

그리하여 병사와 병사의 분신은(별, 성인, 동물 등) 모든 존재가 자신의 마음에 있는 사랑을 볼 때까지 지금도 쉬지 않고 하늘님의 말씀을 전해요.

표지 및 본문 그림
최민아
일러스트레이터
instagram@dalda_studio
instagram@choidalda
brunch.co.kr/@dalda-grim

특별한 할머니 인형의 신비한 여행

1쇄 발행일 | 2023년 8월 30일

지은이 | 손성일
펴낸이 | 정화숙
펴낸곳 | 개미

출판등록 | 제313 – 2001 – 61호 1992. 2. 18
주소 | (04175) 서울시 마포구 마포대로 12, B-103호(마포동, 한신빌딩)
전화 | (02)704 – 2546
팩스 | (02)714 – 2365
E-mail | lily12140@hanmail.net

ⓒ 손성일, 2023
ISBN 979 – 11 – 90168 – 66 – 3 03810

값 12,000원

잘못된 책은 바꾸어 드립니다.
무단 전재 및 무단 복제를 금합니다.